MI RINCÓN EN LA MONTAÑA

escrito e ilustrado por
Jean Craighead George

Puffin Books

Published by the Penguin Group

Penguin Books USA Inc., 375 Hudson Street, New York New York 10014, U.S.A.

Penguin Books Ltd, 27 Wrights Lane, London W8 5TZ, England

Penguin Books Australia Ltd, Ringwood, Victoria, Australia

Penguin Books Canada Ltd, 10 Alcorn Avenue, Toronto, Ontario, Canada M4V 3B2

Penguin Books (N.Z.) Ltd, 182-190 Wairau Road, Auckland 10, New Zealand

Penguin Books Ltd, Registered Offices: Harmondsworth, Middlesex, England

Título Original: *My Side of the Mountain*

My Side of the Mountain was first published in the United States of America by
E.P. Dutton, 1959

English paperback edition published by Puffin Books, 1991

This Spanish translation first published in the United States of America by
Dutton Children's Books, a division of Penguin Books USA Inc., 1996

Simultaneously published in Puffin Books

10 9 8 7 6 5 4

Cataloging–in–Publication Data is available upon request from
the Library of Congress.

ISBN 0-14-038181-3

Dedico este libro a muchas personas:

Al grupo de jóvenes que vivieron, muchos años atrás, en los árboles y las aguas del río Potomac, y a la parte de Sam Gribley que hay en cada niño y adulto que hoy me rodean.

Garganta

árbol

Haya Gribley

manzano

casa

W nogal

espadañas

Mi rincón en la montaña
firmado
S. Gribley

Introducción

Cuando yo estaba en la escuela primaria, un día hice mi macuto y le dije a mi madre que me marchaba de casa. Había decidido vivir en los bosques, al lado de una cascada, y pescar con un anzuelo hecho con la horcadura de una rama de árbol, como me había enseñado mi padre. Pasearía entre los macizos de flores silvestres y los árboles, escucharía el canto de los pájaros, leería el parte meteorológico en las nubes y en el viento, y bajaría la montaña a zancadas, libre e independiente.

Mi madre, con gran prudencia, no trató de disuadirme. Ella también había pasado por eso. Examinó mi bolsa para asegurarse de que yo llevaba mi cepillo de dientes y una tarjeta postal para hacerle saber cómo me iba. Me besó y me dijo: «Adiós».

Cuarenta minutos después yo estaba en casa de nuevo.

Años más tarde, cuando mi hija Twig estaba en la escuela elemental, también ella me anunció que iba a huir a los bosques. Miré en su macuto para comprobar que tenía su cepillo de dientes y la vi bajar la escalera, con los hombros cuadrados y confiada. Le mandé un beso por el aire y me senté a esperarla. Al rato estaba de vuelta.

Aunque el deseo de huir al bosque y vivir por nuestros propios medios parece ser una característica hereditaria en nuestra familia, no somos los únicos. Casi todas las personas que conozco han soñado alguna vez con marcharse a una montaña o a una isla lejana, a un castillo o a un velero, para vivir allí rodeados de paz y belleza. Sin embargo, pocos de nosotros lo hacemos.

Una cosa es querer irse y otra, ponerlo en práctica. Yo podría haber llevado a cabo todo lo que hace Sam Gribley en este libro —vivir de la tierra, hacer una casa, sobrevivir gracias al ingenio y a las investigaciones en una biblioteca— porque poseía los conocimientos necesarios. Mi padre, que era científico y naturalista, me había enseñado todo sobre las plantas y los animales que viven en los bosques del este del país, y me mostró dónde nacen los tubérculos comestibles y los frutos silvestres. Los fines de semana, a lo largo del río Potomac, cerca de Washington D. F., donde yo había nacido y crecido, él y yo hervíamos agua en hojas y hacíamos trampas para conejos. Juntos construíamos mesas y sillas de arbolitos unidos con la trenzada corteza interior de tilo americano. Mis hermanos, dos de los mejores halconeros de los Estados Unidos, me ayudaron en el entrenamiento de un halcón. Yo sabía todo lo necesario para sobrevivir en los bosques, y aun así volví a mi casa.

«Pero no Sam», me dije a mí misma cuando me senté ante la máquina de escribir y comencé a plasmar esta historia en el papel, después de que yo la hubiese escrito en mi cabeza durante muchos, muchos años.

Era fácil de escribir: Sam necesitaba una casa. Yo recordaba un árbol enorme dentro del cual mis hermanos habían acampado, en una isla del río Potomac. Ese árbol sería el hogar de Sam. Y yo sabía también cómo podría vivir cuando la recolección se hiciera difícil: «un halcón será su proveedor», me dije.

Las ideas me fueron viniendo con rapidez y el primer borrador estuvo preparado en dos semanas. Después de cinco revisiones, el libro estaba terminado y listo para publicar. Enseguida recibí una llamada telefónica de Sharon Banningan, que en aquel momento era la responsable del departamento de literatura juvenil de E. P. Dutton.

—Elliot Macrae, el editor —me dijo—, no quiere publicar el libro. Dice que los padres no querrán fomentar el que sus hijos se vayan de casa.

Desanimada, colgué el teléfono y salí a dar un paseo por los bosques cercanos a mi casa. Como siempre, cuando estoy en medio de un bosque me olvido enseguida de mis problemas. Un ciervo centinela protegía su manada mientras buscaba halcones en el cielo. Una ardilla construía un nido de hojas secas para pasar el invierno, y una araña mandaba un mensaje a su pareja a través de un hilo de su telaraña.

Es mejor escaparse al bosque que a la ciudad, pensé. Aquí el mundo ocupa los pensamientos.

El teléfono sonó. Sharon Banningan estaba de nuevo al otro lado y casi cantaba. Elliot Macrae había cambiado de opinión.

—¿Y qué es lo que ha producido el milagro? —le pregunté.

—Yo sólo le dije que era mejor que los chicos escapasen a los bosques que a las calles de la ciudad. Y él reconsideró la cuestión. Como tiene una casa en las Montañas Adirondack y se marcha allí solo, de pronto entendió tu libro. «Mi rincón en la montaña» será publicado en la primavera del 59.

Desde aquella fecha hasta hoy he estado contestando cartas de chicos que me preguntan por Sam. La mayoría quiere saber si él era una persona real. Algunos, convencidos de que existía, se han ido en bicicleta a Delhi, en Nueva York, desde parajes tan alejados como Long Island, para buscar su árbol, su halcón o su mapache. A ellos, y a todos los demás que preguntan, les respondo: «No existe ningún Sam real, salvo dentro de mí.»

Sus aventuras son la culminación de aquel día lejano en que le dije a mi madre que me iba de casa, llegué a la entrada del bosque y volví. Quizás Sam también realizará tus sueños. Ya seas escritor o lector, es muy agradable escaparse dentro de un libro.

Me refugio de la tormenta

Estoy viviendo en mi montaña, y mi casa es un árbol por delante del cual pasa la gente sin saber que yo estoy aquí. Se trata de un pinabete de seis pies de diámetro que debe ser tan viejo como la propia montaña. Yo lo descubrí el verano pasado, y vacié y quemé su tronco hasta hacer de él una cómoda cavidad que ahora es mi hogar.

«A la derecha según se entra, está mi cama, hecha de tablillas de fresno y cubierta con una piel de ciervo. A la izquierda, a la altura de las rodillas, hay un pequeño hogar. Está construido con piedras y arcilla, y tiene una chimenea que lleva el humo al exterior a través de un agujero en el tronco. Existen otros tres orificios hechos por mí para que pueda entrar el aire, y hoy penetra por ellos un viento helador. Ahí fuera la temperatura debe ser de varios grados bajo cero, y a pesar de eso, yo puedo estar sentado aquí dentro, escribiendo sin llevar guantes en las manos. La hoguera es pequeña porque no hace falta un gran fuego para calentar este hueco.

»Hoy es cuatro de diciembre, creo, o quizás cinco. No estoy muy seguro, porque últimamente no he contado las muescas en la rama de álamo que me sirve de calendario. Estuve demasiado ocupado cogiendo nueces y frutos silvestres y ahumando pescado, carne de venado y caza menor, como para entretenerme en saber el día exacto en que vivo.

»La lámpara que me alumbra cuando escribo está hecha con un caparazón de tortuga lleno de grasa de ciervo y la mecha es una tira de tela de mis viejos pantalones.

»Ayer nevó durante todo el día y hoy ha continuado igual. No he salido desde que comenzó la tormenta y estoy aburrido por primera vez desde que me fui de casa hace ocho meses para vivir en el campo.

»Pero me encuentro bien, tengo salud y la comida es bastante buena. Varias veces he tomado sopa de tortuga y también sé hacer tortitas con harina de bellotas. Guardo mis provisiones en un rincón del tronco, dentro de cestos fabricados con ramas que he cortado yo mismo.

»Durante los dos últimos días he mirado continuamente esos cestos y he llegado a sentirme como una ardilla. Esto me recuerda que no vi ni una en todo el día, antes de que empezara a nevar. Supongo que también ellas estarán refugiadas, comiéndose las nueces que han almacenado.

»Me pregunto si Barón, la comadreja que vive al norte de mi árbol, detrás de la gran roca, estará también en su madriguera. Bueno, de todas maneras, la tormenta debe de estar pasando porque el tronco ya no cruje tanto. Cuando el viento sopla con fuerza, todo el árbol gime hasta las raíces, que es donde yo estoy.

»Espero que mañana tanto Barón como yo podamos hacer un túnel para ver la luz del sol. Tal vez debería apartar la nieve; aunque si lo hiciera tendría que ponerla en algún sitio y el único lugar que se me ocurre es dentro de mi bonito y confortable árbol. Quizás pueda retirarla y endurecerla con mis manos, aunque yo siempre he excavado en la nieve desde arriba y nunca desde abajo.

»Barón tiene que escarbar siempre desde abajo; me gustaría saber dónde pone lo que aparta. Bien, supongo que mañana lo veré.»

Cuando escribí todo esto el pasado invierno, me sentía bastante asustado y llegué a pensar que nunca saldría de mi árbol. Estuve atemorizado durante dos días, desde que la primera ventisca alcanzó las montañas Catskill. Cuando salí de nuevo a la luz, lo que hice introduciendo mi cabeza en la blanda nieve y sacándola luego por encima, me reí con ganas de mis oscuros temores.

Todo estaba blanco, limpio, brillante y hermoso. El cielo aparecía azul, muy azul. El bosquecillo de pinabetes estaba adornado por la nieve, la pradera muy lisa y blanca y el barranco reluciente por el hielo. Todo se veía tan bello y tranquilo que empecé a reír a carcajadas.

Creo que lo hacía con tantas ganas porque mi primera tormenta de nieve había quedado atrás y, después de todo, no había sido tan terrible.

Entonces grité: «¡lo conseguí!», pero mi voz no llegó muy lejos porque fue acallada por varias toneladas de nieve.

Busqué después las huellas de Barón. Sus pisadas aparecían en la roca y sobre el resbaladero en que había estado jugando. Posiblemente estuvo disfrutando de la primavera nevada durante horas.

Animado por su alegría, introduje la cabeza en el hueco de mi árbol y silbé. Retador, mi halcón amaestrado, voló a posarse sobre mi puño y estuvimos saltando y deslizándonos por la montaña, y mientras bajábamos hacíamos grandes agujeros y surcos. Era estupendo poder silbar y sentirse alegre de nuevo, porque realmente me había asustado la llegada de la tormenta.

Había trabajado mucho desde el mes de mayo. Aprendí a hacer fuego con una piedra de sílex y un trozo de acero, a encontrar plantas comestibles, a cazar y a pescar; todo ello para que cuando llegara la ventisca a las montañas Catskill, yo pudiera estar ya instalado en mi árbol, cómodo, calentito y con comida en abundancia.

Durante todo el verano y gran parte del otoño estuve preparándome para la llegada del invierno. Aun así, el día tres de diciembre, cuando el cielo se oscureció, la temperatura descendió y los primeros copos de nieve se acumularon a mi alrededor, debo admitirlo, sentí fuertes deseos de volver corriendo a Nueva York. Incluso la primera noche que pasé en el bosque, sin conseguir encender fuego, fue menos terrible que cuando la tormenta se desencadenó sobre mi montaña.

Eran las nueve de la mañana. Yo estaba asando tres truchas y trataba de mantener las llamas bajas para que no quemasen el pescado. Mientras trabajaba me vino a la cabeza la idea de que estaba demasiado avanzada la mañana para que estuviera todo tan oscuro. Retador, que se encontraba atado, parecía inquieto y trataba de quitarse sus correas. Entonces me dí cuenta de que en el bosque había un extraño silencio. Hasta los pájaros carpinteros, que habían estado durante toda la mañana picoteando a mi alrededor, ahora callaban. No se veía ni una sola ardilla por ningún sitio y los herrerillos, los pájaros carboneros y los trepadores azules habían desaparecido. Miré a ver qué estaba haciendo Barón. No lo divisé por ninguna parte. Entonces levanté los ojos hacia el cielo.

Desde mi árbol se puede ver la garganta que hay más allá de la pradera. Las espumosas aguas irrumpen con fuerza entre las húmedas y oscuras rocas, y las cascadas vierten el agua en el valle de abajo. Aquel día el agua estaba igual de oscura que las rocas y sólo su ruido me indicaba que seguía cayendo. Por encima de esa oscuridad había otra. Eran las nubes del invierno, negras y amenazadoras, que parecían tan salvajes como los vientos que las traían hacia mí. Temblé de miedo. Sabía que tenía suficiente comida y que todo iba a salir bien. Pero eso no me ayudaba porque estaba muy asustado. Pisé el fuego para apagarlo y metí el pescado en mi zurrón. Después intenté silbar para llamar a Retador, pero no pude cerrar mis temblorosos labios lo suficiente, y sólo conseguí hacer *pfff*... Entonces lo agarré por las correas de cuero que rodean sus patas y nos precipitamos dentro del árbol a través de la puerta de piel de ciervo.

Puse a Retador en la pata de mi camastro y me acurruqué, hecho un ovillo. Comencé a pensar en Nueva York, en su ruido, en sus luces y en cómo allí una nevada siempre resultaba amistosa. Recordé también nuestro piso, y en ese momento me pareció más radiante, luminoso y cálido. Tuve que reprimir mi añoranza repitiéndome: ¡Allí éramos once de familia!, papá, mamá, cuatro hermanas, cuatro hermanos y yo. Y a ninguno les gustaba esto, excepto, tal vez, a la pequeña Nina, que era demasiado joven aún para conocerlo. A papá no le agradaba ni siquiera un poco. El había sido marino, pero cuando yo nací dejó el mar para trabajar en el puerto de Nueva York. No le gustaba la tierra, amaba el mar, el húmedo, inmenso e interminable mar.

Más de una vez me habló del bisabuelo Gribley que tenía tierras en las montañas Catskill y en ellas construyó una casa, plantó árboles y labró el campo, para descubrir después que lo que en realidad quería era ser marino. La granja fracasó y el bisabuelo se fue al mar.

Mientras hundía mi cara en el olor dulce y grasiento de mi piel de ciervo, podía oír cómo papá decía: «esta tierra está todavía en nuestro apellido; en algún lugar de las Catskill hay una vieja haya con el nombre "Gribley" grabado en su corteza. Señala el límite norte de la locura de Gribley. No, la tierra no es lugar para un Gribley».

tierra no es lugar para un Gribley —me dije—, no lo es, y sin embargo, aquí estoy yo, a trescientos pies de ese árbol que tiene grabado en su tronco mi apellido.

Instantes después me quedé dormido. Cuando desperté estaba hambriento, así que casqué algunas nueces y bajé la harina de bellotas que había molido, mezclada con un poco de ceniza para disminuir el amargor. Saqué la mano fuera del tronco para coger un puñado de nieve, y con la harina amasé unas tortitas. Las cocí en la superficie de una lata y me las comí bien cubiertas de mermelada de arándanos.

Entonces supe con seguridad que la tierra era precisamente el lugar más adecuado para un Gribley.

Emprendo esta aventura

Dejé Nueva York en el mes de mayo. Llevaba conmigo una navaja, un ovillo de cuerda, un hacha y cuarenta dólares que había ahorrado haciendo suscripciones a revistas. También tenía algunas piedras de sílex y unos eslabones, que había comprado en un almacén chino de la ciudad, cuyo dueño me había enseñado a usarlos. Él me dio también una bolsa para meterlo todo, y algunas yescas para encender. Me explicó después que si se me acababa la yesca, podía quemar una tela y usar sus cenizas. Le di las gracias y le dije:

—Ésta es una de esas cosas que no voy a olvidar nunca.

En el tren del norte que me llevaba a las Catskill, saqué las piedras de sílex y los eslabones, y comencé a practicar. En un papel de envolver tomé estas primeras notas:

«Lo mejor es golpear con fuerza y limpiamente. Hay que coger el eslabón en la mano izquierda y el sílex en la derecha, y chocar el primero contra el segundo. El problema es que las chispas se escapan por todas partes.»

Y ése fue el problema. Aquella primera noche no conseguí encender un fuego, lo cual, como ya he dicho, fue una experiencia terrible.

Hice auto-stop hasta las montañas Catskill. Eran aproximadamente las cuatro de la tarde cuando un camionero y yo llegamos a un hermoso bosque de pinabetes. Entonces le dije:

—Me quedo aquí. Esto es todo lo lejos que quiero ir.

Él miró alrededor y preguntó:

—¿Vives aquí?

—No —le respondí—, me he ido de casa y éste es justo el tipo de bosque al que siempre he soñado escaparme. Creo que acamparé aquí esta noche.

Me bajé de la cabina del camión.

—¡Eh, chico! —gritó el conductor—. ¿Estás hablando en serio?

—¡Claro! —contesté.

—¡Vaya, eso está bién! ¿Sabes?, cuando yo tenía tu edad hice lo mismo que tú. Sólo hay una diferencia: yo era un chico de granja que huía a la ciudad, tú eres un chico de ciudad que escapa a los bosques. Yo estaba muy asustado cuando llegué a la ciudad. ¿No crees que también tú pasarás miedo en el monte?

—¡Claro que no! —grité con fuerza.

Mientras me adentraba en el fresco y umbroso bosque aún pude oír cómo el conductor me decía:

—Volveré mañana por la mañana, por si quieres que te lleve a casa —y se rió con ganas.

Todo el mundo se ríe de mí, incluso papá. Cuando le dije a mi padre que quería marcharme a las tierras del bisabuelo Gribley rió a carcajadas y después me habló de cuando él se fue de casa. Mi padre embarcó rumbo a Singapur, pero cuando sonó la sirena que indicaba la partida, bajó corriendo por la pasarela, y antes de que nadie supiera que se había marchado, estaba en su casa metido en la cama. Entonces me dijo:

—¡Ánimo, inténtalo! Todos los chicos deberían probarlo.

Caminé más de una milla en el interior del bosque, hasta que encontré un torrente; era un limpio y brioso riachuelo que se precipitaba, saltaba y salpicaba a su alrededor. Los helechos crecían en sus orillas y sus rocas estaban tapizadas de musgo.

Me senté y aspiré el olor de los pinos, después saqué mi navaja, corté unas ramitas tiernas y comencé a tallarlas. Yo he sido siempre muy habilidoso. Una vez hice un barco y mi profesor lo exhibió en la escuela la noche de los padres.

Primero corté un ángulo en el extremo de una rama. Luego corté otra rama más pequeña y afilé su punta. Volví a cortar otro ángulo en esta segunda ramita y uní los ángulos, cara con cara, con una tira de corteza fresca.

Según un libro sobre supervivencia en el campo, que leí en la Biblioteca Pública de Nueva York, ésta era la manera de hacerse uno sus propios anzuelos.

Después empecé a escarbar en la tierra en busca de lombrices. Apenas había quitado el musgo con mi hacha, cuando encontré la tierra helada. No se me había ocurrido que podría haber escarcha en mayo, pero, claro, tampoco había estado antes en una montaña.

Esto sí que me preocupó, porque yo pensaba depen-

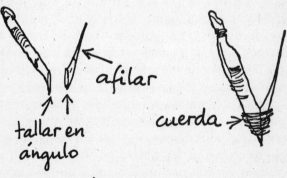

anzuelo de madera

der del pescado para sobrevivir, al menos, hasta que encontrara la montaña de mi bisabuelo, donde podría poner cepos y cazar.

Busqué dentro del arroyo cualquier cosa que se pudiera comer, y cuando lo hacía, mi mano topó con un tronco podrido, que se deshizo al tocarlo. Pensé entonces en los viejos troncos y en todos los tipos de insectos durmientes que contienen.

Di golpes con el hacha hasta que encontré un blanco y frío gusano.

Rápidamente até un trozo de cuerda a mi anzuelo, enganché el gusano y seguí el arroyo hacia su nacimiento, buscando un buen lugar donde pescar. Todos los manuales que había leído explicaban con mucho detalle los lugares donde vivían los peces, y yo había memorizado lo siguiente:

«En los torrentes, los peces suelen reunirse en los remansos y en las zonas más profundas y tranquilas. El nacimiento de un afluente, los pequeños rápidos, el final de un remanso, los remolinos que se forman debajo de troncos o rocas, los bancos de arena y las zonas que están a la sombra de los arbustos que se asoman al arroyo: todos éstos son lugares muy indicados para pescar.»

Pero este torrente no parecía tener aguas tranquilas, y yo tendría que haber caminado más de mil millas antes de encontrar un remanso cerca de un banco de arena o debajo de un árbol. La verdad es que no estaba tan lejos, sólo lo parecía porque a medida que iba buscando sin encontrar nada, me convencía de que iba a morir de hambre.

Me senté en la orilla y dejé caer el anzuelo. ¡Deseaba tanto atrapar un pez! Un solo pez me indicaría que estaba en el camino correcto. Porque yo había leído todo lo que se puede saber sobre peces. Mediante el examen de su estómago se conoce lo que comen todos los de su misma especie, pero también se pueden usar sus entrañas como cebo.

Bien, el gusano se hundió hasta llegar casi hasta el fondo del torrente, dio varias vueltas y quedó suspendido durante breves instantes. De repente, la cuerda cobró vida, oscilo y giró.

Tiré bruscamente y el anzuelo se rompió, y lo que tenía enganchado se escapó a su escondite.

Eso casi me hizo llorar. Mi cebo se había esfumado, mi anzuelo estaba roto y yo comenzaba a sentir frío y miedo, además de estar furioso. Tuve que construir otro anzuelo con otras dos ramas, pero esta vez hice «trampa» y usé cuerda para unirlas, en lugar de una tira de corteza. Volví al tronco de la orilla y por fortuna encontré otro gusano. Corrí hacia el remanso y saqué una trucha del agua, antes de darme cuenta de que había picado.

El pez cayó a tierra agitándose, y yo me abalancé sobre él, poniendo todo mi cuerpo encima. No quería ni pensar en la posibilidad de que volviera a meterse en el agua.

Lo limpié tal y como había visto hacerlo siempre al pescadero del mercado. Examiné después su estómago y ví que estaba vacío. Esto me derrotó.

Lo que yo no sabía entonces es que un estómago vacío significa que los peces están hambrientos, y, por tanto, comerán cualquier cosa, no importa qué.

Con gran desmoralización puse un poco de sus tripas en mi anzuelo y antes de que la cuerda llegara al fondo del agua, picó otro pez. Perdí ése, pero atrapé el siguiente. Dejé de pescar cuando tuve cinco hermosas truchas; entonces busqué a mi alrededor un lugar para montar mi campamento y encender una hoguera.

No fue tan difícil encontrar un precioso lugar junto a la orilla del arroyo. Elegí el sitio cercano a una roca cubierta de musgo, dentro de un círculo de pinabetes.

Decidí construir una cama antes de asar las truchas. Para ello corté algunas ramas tiernas para hacer una especie de lecho, después apoyé algunos tallos secos en la piedra y los cubrí con hojas de pinabete. Así resultó algo parecido a una tienda de campaña. Entré a gatas y me acosté en el suelo; entonces sentí una especial emoción por el hecho de estar solo y oculto.

Pero, ¡ah, lo que quedaba por contar! Yo estaba en la cara noroeste de la montaña. Pronto oscureció y empezó a hacer frío. Viendo cómo las sombras se deslizaban a mi alrededor, corrí frenéticamente alrededor del refugio para recoger leña. Esto fue lo único que hice más o menos bien desde ese momento hasta el amanecer. Recordé que la madera más seca de un bosque está en las ramas muertas que todavía permanecen unidas al árbol, así que busqué, y pude recoger un enorme montón, que debe estar todavía allí, porque nunca conseguí encender el fuego.

Provoqué chispas y más chispas, incluso en una oca-

Un par de buenos refugios: debes asegurarte de que sólo enciendes fuego sobre tierra pelada. También de que lo apagas bien.

sión conseguí que prendiera la yesca, pero eso fue todo. Yo soplé y le eché mi aliento, formando un embudo con las manos, pero nada más añadir las ramitas pequeñas, todo el invento se apagó.

Estaba ya demasiado oscuro para ver ni siquiera la yesca, pero seguí golpeando el sílex contra el eslabón con desesperación. Al final desistí y me introduje en la «tienda» de hojas de abeto, muerto de frío, hambriento y abatido.

Ahora puedo hablar con tranquilidad sobre esa primera noche, aunque todavía es bastante embarazoso para mí el hacerlo, porque odio admitir que fui tan estúpido y tan cobarde.

Había construido mi cama justo en el valle cercano al torrente, por donde corría el viento que bajaba de la fría cima de la montaña. Todo habría ido bien si la hubiese puesto al otro lado de la roca, pero no lo hice. Me encontraba justo en medio de la corriente de vientos fríos que se abatía sobre el llano.

No tenía suficientes ramas de pinabete debajo de mí, por eso, antes de que apoyara mi cabeza en el lecho, mi estómago estaba húmedo y frío. Cogí algunas ramas del techo y las metí con precipitación bajo mi cuerpo, pero entonces fueron mis hombros los que se quedaron fríos por el contacto con el suelo. Me acurruqué como pude, y casi me había dormido cuando empezó a cantar un chotacabras. Si has estado alguna vez a cuarenta pies de uno de ellos, comprenderás por qué no pude ni pegar ojo. ¡Son ensordecedores!

Bueno, de todas formas, la noche fue toda así. Creo que no dormí ni quince minutos. Estaba tan cansado y asustado que tenía la garganta seca por completo. Necesitaba beber agua, pero no me atreví a ir a la orilla del torrente por miedo a pisar mal, caer al agua y empaparme. Me quede donde estaba, tiritando y estremeciéndome de frío. Y, ahora puedo decirlo, lloré un poquito.

Por suerte, el sol tiene la gloriosa y maravillosa costumbre de salir de nuevo cada mañana. Cuando el cielo
se iluminó y los pájaros despertaron, supe que jamás
vería algo tan espléndido como el rojo y redondo sol
ascendiendo sobre la tierra. Me sentí muy feliz.

Me puse en camino hacia la carretera. Pensé que si me
quedaba un poco más cerca del camino todo iría mejor.

Subí a la colina y me detuve. Allí, frente a mí había
una casa, una acogedora y cálida casita con el humo

que salía por la chimenea y las ventanas iluminadas. ¡Y estaba sólo a cien pies de mi campamento de torturas!

Sin pensar en mi orgullo, corrí colina abajo, llegué hasta la casa y llamé a la puerta. La abrió un simpático viejecito. Yo le expliqué toda mi odisea en una larga frase, y al final le dije:

—Por eso quería preguntarle si puedo cocinar aquí mi pescado, llevo años sin comer.

Él rió, acarició su barbuda cara y cogió el pescado. Antes de que yo supiera su nombre, él ya lo había puesto a freír en una sartén.

Cuando le pregunté que cómo se llamaba, me respondió que Bill no sé que, pero no llegué a oír su apellido porque me había quedado dormido en la mecedora, que estaba en la cocina, al lado de una enorme y caliente estufa de leña.

Algunas horas más tarde me comí el pescado, acompañado de un poco de pan, jalea, gachas de avena y crema. Entonces él me dijo:

—Sam Gribley, si te has ido de casa para vivir en los bosques, tendrás que aprender cómo hacer un fuego. Ven conmigo.

Pasamos toda la tarde practicando y yo escribí esto en el reverso de un trozo de papel:

«Cuando la yesca arda, sigue soplando y añade agujas de pino una por una. Continúa soplando sin parar, con suavidad y siempre con la misma intensidad. Añade unas cuantas ramitas secas y luego un buen puñado de hojarasca, y no dejes de soplar.»

La granja Gribley

Al día siguiente me despedí de Bill, y mientras me alejaba a zancadas, él gritó:

—¡Te veré esta noche! Dejaré mi puerta abierta por si necesitas un techo sobre tu cabeza.

—De acuerdo —le respondí.

Pero yo sabía que no volvería a ver a Bill. Ya había aprendido cómo encender un fuego, y ésa era mi mejor arma. Con fuego podía conquistar las Catskill. También sabía pescar. Hacer fuego y pescar, eso era todo lo que necesitaba saber, al menos eso pensaba yo.

Tres coches me llevaron esa mañana a Delhi. En algún lugar cerca de allí debía estar el haya del bisabuelo, con el apellido «Gribley» grabado en su corteza, y que yo conocía por las historias que me había contado papá.

Hacia las seis todavía no había encontrado a nadie que hubiera oído hablar de los Gribley, y mucho menos del haya, así que decidí pasar la noche en el porche de la escuela y cenar unas onzas de chocolate. El suelo estaba frío y duro, pero yo me sentía tan cansado que podría haberme dormido en un túnel aerodinámico.

Al amanecer pensé detenidamente: «¿Dónde podría encontrar información sobre la granja Gribley? En algún viejo mapa, quizás, pero, ¿dónde hallar ese mapa? Tal vez en la biblioteca. Bueno, lo intentaré, a ver qué pasa.»

La bibliotecaria era muy amable. Se trataba de una muchacha de ojos y cabellos castaños, y tan amante de los libros como yo.

No abrían la biblioteca hasta las diez y media. Pero yo estaba allí a las nueve. Después de recostarme, removerme con nerviosismo y estar sentado en la escalera durante quince o veinte minutos, la puerta se abrió y aquella señorita me pidió que entrara y buscase tranquilamente hasta la hora de apertura.

Todo lo que le dije fue que yo quería encontrar la vieja granja «Gribley», y que los Gribley no vivían allí desde hacía casi cien años. Entonces salió disparada. Cuando pienso en ella, todavía puedo oír el click de sus tacones, mientras buscaba aquí y allá viejos mapas, libros sobre la historia de las montañas Catskill y archivos de cartas y títulos de propiedad, que debían de haber salido de los trasteros de Delhi.

La señorita Turner —ése era su nombre— halló la granja en un viejo libro sobre la historia del Condado de Delaware. Luego marcó los caminos que conducían a la casa, y me dibujó los mapas y otros detalles. Al final me dijo:

—¿Para qué quieres saberlo? ¿Es para algún trabajo del colegio?

—Oh, no, señorita Turner, quiero vivir allí.

—Pero Sam, aquello debe de ser todo maleza y árboles ahora. La casa seguramente es sólo una base de piedra cubierta de musgo.

—Eso es justo lo que quiero. Voy a cazar animales, a comer nueces, tubérculos y frutas silvestres, y a construirme mi casa. ¿Sabe?, yo soy Sam Gribley y he pensado que me gustaría vivir en la granja de mi bisabuelo.

La señorita Turner fue la única persona que me comprendió. Sonrió, se recostó en el respaldo de la silla y dijo:

—¡Vaya!

La biblioteca estaba abriendo cuando yo recogí las notas que habíamos tomando y me marché. Mientras empujaba la puerta, la señorita Turner se acercó y me dijo:

—Sam, tenemos algunos libros muy buenos sobre plantas, árboles y animales, por si te quedas «en blanco».

Yo sabía lo que ella estaba pensando, y por eso le prometí que lo tendría en cuenta.

Con el mapa de la señorita Turner, conseguí encontrar el primer muro de piedra que marcaba el límite de la granja. Los viejos caminos que llegaban hasta allí, estaban todos cubiertos de plantas y casi borrados, pero al encontrar el torrente situado en la falda de la montaña, pude iniciar el recorrido en el puente y avanzar hacia el norte una milla y media. Allí, moviéndose como una oruga alrededor de las rocas, ascendiendo por colinas y bajando por hondonadas, estaba la hilera de piedras que una vez había marcado el límite de la finca del bisabuelo.

Y entonces, ¿sabéis?, no podía creer que al fin yo estuviese allí. Me senté durante un buen rato en unas piedras grises, miré a través del bosque hacia aquella abrupta montaña y me dije: «Es domingo por la tarde, está lloviendo y papá trata de mantenernos a todos quietos contándonos la historia de la granja del bisabuelo. Y lo está narrando con tanto realismo que me parece verla.»

Luego volví a la realidad. «No, estoy aquí, en la montaña, tiene que ser verdad porque nunca en la vida me he sentido tan hambriento.»

Pensé desandar todo el camino recorrido y volver corriendo a la biblioteca para decirle a la señorita Turner que la había encontrado; en parte porque a ella le gustaría saberlo y en parte porque cuando me fui de casa, mi padre me había dicho:

—Si encuentras el lugar, díselo a alguien en Delhi, a lo mejor te visito algún día.

Por supuesto, me tomaba el pelo, porque pensaba que yo estaría de regreso en casa al día siguiente; pero después de muchas semanas puede que él ya piense que yo hablaba en serio, y venga a verme.

No regresé a la biblioeca porque tenía un hambre atroz. Cogí mi cuerda y mi anzuelo y bajé la montaña hasta el arroyo. Allí pesqué una gran carpa y volví de nuevo al muro de piedra, saltándolo con gran energía.

Se estaba haciendo tarde, por eso no seguí explorando. Volví al trabajo y encendí una hoguera. Decidí que, aunque no tuviese tiempo para cortar las ramas de mi cama, iba a asar el pescado y a mantener el fuego para arrimarme a él durante las frías horas de la noche. No son nada cálidas las Catskill.

Aquella noche, a la luz de la hoguera escribí:

Querido Bill (éste era el anciano):

Después de tres intentos, por fin he conseguido que ardiese un buen puñado de hierba seca en la yesca. La hierba es todavía mejor que las agujas de pino, y mañana voy a probar la corteza externa del álamo.

Yo he leído en algún lugar que contiene un aceite combustible que los indios usaban para encender fuego. En cualquier caso, hice lo que me enseñaste y he podido asar pescado para cenar. Ha sido estupendo.

Tu amigo
Sam.

Después de haber escrito la carta, recordé que no sabía cuál era el apellido de Bill, así que la guardé en mi bolsillo. Me hice una cama de ramas y hojas al abrigo del muro de piedra, y me tumbé a dormir.

Tengo que decir ahora algo sobre ese primer fuego que logré encender. Fue algo mágico. Por encima de las ramas muertas, de la hierba seca y de los palitos de madera se elevó una cálida y viva luz. Crepitaba, chasqueaba, humeaba y llenaba el bosque con una claridad difusa. Iluminó los árboles y los hizo aparecer más cálidos y amistosos.

Erguido y pleno de brillo, mantuvo la oscuridad alejada. ¡Oh!, fue una noche tan diferente de la primera, tan oscura y terrible. Además, me había puesto hasta arriba de pescado. He aprendido a cocinar muchas más cosas desde entonces, pero nunca he disfrutado tanto una comida como ésa y nunca me he vuelto a sentir tan independiente.

Encuentro muchas plantas útiles

A la mañana siguiente, me incorporé, me estiré y miré a mi alrededor. Los pájaros pasaban de un árbol a otro, unos pequeños pajarillos cantaban y se precipitaban desde las ramas.

—Debe de ser la migración de las currucas —me dije, y me reí porque nunca había visto tantas juntas.

Mi vozarrón resonaba a través del bosque, y sus pequeñas vocecitas parecían elevarse para responderme.

Ellas estaban comiendo también. Tres o cuatro se lanzaron desde las ramas de un arce, intentando picotear algo, después les vi comer alguna cosa deliciosa que debía de haber en el árbol. Me pregunté si habría algo allí para un chico hambriento. Bajé una rama y todo lo que vi fueron hojas, ramitas y flores. Me comí una flor, pero no estaba muy buena. Un manual que yo había leído decía que hay que observar lo que comen los animales para aprender a distinguir en el bosque lo que es comestible de lo que no lo es.

Si el animal puede comerlo, es válido para los humanos. El libro sugería también que un mapache tenía gustos más parecidos a los nuestros. Desde luego, los pájaros no eran el mejor ejemplo.

Entonces pensé que tal vez estaban comiendo algo que quizás yo no podía ver bien, pequeños insectos tal vez. En todo caso, fuera lo que fuera, decidí pescar.

Tomé mi cuerda y mi anzuelo y bajé otra vez al arroyo. Me coloqué sobre un tronco y suspendí mi cuerda sobre las claras aguas. Pero los peces no picaban. Esto me hizo sentir todavía más hambre. Tenía un pellizco en el estómago. De verdad, se tienen grandes dolores cuando se lleva mucho tiempo sin comer.

Se supone que un arroyo está lleno de comida y que es un lugar adecuado para conseguirla con rapidez. Yo necesitaba pescar algo enseguida, pero ¿qué? Mire a través de las claras aguas y vi las huellas de unos mejillones de agua dulce en el lodo del fondo.

Me quité los zapatos y me introduje en las heladas aguas. Recogí casi cuatro docenas en muy poco tiempo y empecé a meterlos en mi jersey para llevarlos al campamento.

Pero entonces pensé que no había que trasladarlos a ninguna parte. Tenía el fuego en el bolsillo. Y no necesitaba una mesa, podía sentarme aquí, en la orilla del torrente a comérmelos. Y eso hice. Envolví los mejillones en hojas y los cocí más o menos al vapor en las brasas. No están tan buenos como las almejas —un poco más fuertes, diría yo—, pero cuando ya había comido tres o cuatro, me olvide del sabor de las almejas y sólo pensé en lo deliciosos que son los mejillones de agua dulce. Comí hasta que ya no pude con más.

Regresé a la granja del bisabuelo y me puse a explorar. Había árboles de todo tipo: arces, hayas, algunos pinos, cerezos silvestres y fresnos. Y también, aquí y allá, gloriosas pacanas. Hice un esbozo de la granja en mi mapa y marqué con unas «x» los lugares donde estaban las pacanas. Me parecían árboles de oro. En el otoño yo tendría sus nueces, también podría obtener sal de las grandes ramas. Corté una y la partí en trozos que introduje en mi jersey.

La tierra subía y bajaba, subía y bajaba, y yo me iba preguntando cómo pudo el bisabuelo sacar los árboles y ararla. Había un riachuelo que corría a través de la parcela, y eso me alegró, porque quería decir que no tenía que bajar toda la montaña para acercarme al gran torrente a pescar y a coger agua.

Hacia el mediodía encontré lo que seguramente eran los cimientos de la casa. La señorita Turner tenía razón. Estaba en ruinas: unas cuantas piedras formando un cuadrado, una pequeña hondonada que debió ser el sótano, y árboles, justo en medio de lo que una vez había sido el salón. Di una vuelta para ver lo que quedaba de la casa de los Gribley.

Después de echar un vistazo, vi un manzano. Me acerqué esperando encontrar una manzana vieja. No había manzanas por allí, pero a unos cuarenta pies encontré una muy seca en la horcadura de un árbol. Seguramente una ardilla la había dejado allí y se había olvidado de ella. Me la comí. Estaba horrible, pero esperaba que fuera nutritiva. Había otro manzano y tres nogales. Los marqué en mi mano con tres «x». Ésos eran unos hallazgos maravillosos.

Estuve fisgoneando alrededor de los cimientos, en busca de unos viejos útiles de hierro que me sirvieran de algo, pero no encontré nada. Habían caído muchas hojas que se habían convertido en greda, y habían crecido y muerto demasiadas plantas en el hogar. Decidí volver cuando me hubiera fabricado una pala.

Mientras buscaba comida y refugio, silbaba. Continué silbando al subir la montaña para seguir la cerca de piedra y descubrir más cosas sobre mi propiedad. Encontré una ciénaga. Dentro de ella había eneas y marantas, alimentos ricos en hidratos de carbono.

A las doce en punto llegué a una cañada. Una roca enorme se erguía en medio de ella. Había una franja de abedules en la parte alta. También encontré robles y arces al oeste, y a la derecha un bosque de pinabetes que me atraían por encima de la dulce hierba de la cañada.

En mi vida había visto tales árboles. Eran gigantes y muy viejos. Debían llevar allí desde que se creó el mundo.

Empecé a pasear por entre sus pies. No oía mis propias pisadas porque las agujas de los pinabetes eran muy densas y húmedas. Entre los árboles había grandes rocas cubiertas de musgo y helechos. Parecían guijarros al lado de aquellos árboles.

De pie, ante el más viejo y majestuoso de ellos, de repente tuve una idea.

El viejo, viejo árbol

Yo conocía bastante bien las montañas Catskill y sabía que cuando llega el verano se llenan de gente. Y

37

aunque la granja del bisabuelo estaba algo apartada, los excursionistas, los cazadores y los pescadores podían encontrarla. Por eso, quería conseguir una casa que no se pudiera ver, porque si me encontraban querrían devolverme a casa.

Observé aquel árbol con atención. Por alguna razón yo sabía que iba a ser mi hogar, pero no estaba tan seguro de cómo sería esa «casa». Las ramas eran demasiado altas y poco rectas para hacer una cabaña en la copa del árbol. Podía construir una pared de corteza alrededor, pero eso me parecía estúpido. Rodeé el árbol caminando despacio. A la mitad del recorrido el plan apareció muy claro en mi mente. A la izquierda, entre dos de los realces del tronco que se extendían hasta convertirse en raíces, había una cavidad.

El corazón del árbol se estaba pudriendo. Escarbé allí con mis manos. Al momento salieron a montones insectos y polvo. Seguí escarbando, mientras usaba mi hacha de vez en cuando y mi emoción aumentaba.

Después de haber quitado la mayor parte de la madera podrida, me introduje a gatas en el hueco y me senté al estilo indio. Dentro me encontré tan cómodo como una tortuga en su caparazón. Excavé y excavé en la madera hasta llegar a sentirme hambriento y exhausto. Ahora estaba ya en la madera dura y buena, y picarla era un trabajo agotador. Me daba miedo pensar que iba a llegar el mes de diciembre antes de que tuviera un agujero lo suficientemente grande para tumbarme dentro. Entonces me senté a pensar.

¿Sabes?, aquellos primeros días no planeé las cosas

como Dios manda. Ya tenía los inicios de una casa, pero ni una pizca de nada de comer, y había trabajado tanto que apenas podía moverme para buscar esa pizca. Además era descorazonador alimentar a este cuerpo mío. Nunca estaba satisfecho, y recolectar comida para él llevaba tiempo y me hacía sentirme aún más hambriento. Encontrar un lugar donde ponerle a descansar también llevaba tiempo y me cansaba todavía más, y, de verdad, sentía que estaba dando vueltas sin avanzar. Me preguntaba cómo el hombre primitivo tenía suficiente tiempo y energía para dejar de cazar y empezar a pensar en el fuego y en las herramientas.

Dejé el árbol y crucé la cañada en busca de comida. Me adentré en el bosque que había al otro lado y allí encontré una garganta y una cascada blanca, que salpicaba las rocas negras y formaba una poza.

Tenía calor y estaba sucio, bajé por entre las rocas y me deslicé dentro de la poza. El agua estaba tan fría que me hizo gritar, pero cuando salí a la orilla y me puse mis dos pantalones y mis tres sueters —ésta me parecía una manera mejor de llevar la ropa que dentro de una mochila— sentí una comezón; me quemaba la piel y me comportaba como un potro. Di un brinco, me caí y fui a dar de bruces en una mata de dientes de perro.

Tú los reconocerás en cualquier parte después de verlos algunas veces en el Jardín Botánico y en libros ilustrados sobre flores. Son pequeños y amarillos lirios con tallos largos y delgados y hojas en forma oval con motas grises. Pero eso no era todo. Tenían unos sabrosos y maravillosos tubérculos. Me estaba llenando los bolsillos incluso antes de levantarme de mi caída.

«Tendré una ensalada como almuerzo», me dije mientras subía las empinadas paredes del barranco. Descubrí que aunque estuviera muy avanzada la estación, las cletonias seguían en flor en los sitios frescos del bosque. Están buenas crudas cuando se tiene tanta hambre como yo sentía. Saben un poco como las judías. Las iba tragando mientras buscaba comida. Me sentía cada vez mejor. Volví a la cañada, donde los dientes de león estaban en flor. ¡Qué extraño que no los hubiera visto antes! Sus hojas y sus raíces están buenas, aunque saben un poco fuertes y amargas, pero te acostumbras a eso.

Un cuervo se adentró en el bosquecillo de álamos. Yo sabía poco acerca de los cuervos, los conocía sólo de haberlos seguido en Central Park, y allí siempre tenían algo que decir. Pero este pájaro andaba a hurtadillas, es obvio que intentaba pasar sin hacer ruido. Los pájaros son un buen alimento. Por supuesto, el cuervo no es el mejor de ellos, pero eso yo no lo sabía entonces, y me lancé tras él para ver adónde iba. Tenía una vaga idea de cómo intentar atraparle con un nudo corredizo. Éste es el tipo de cosas en las que me entretenía en aquellos días, cuando el tiempo era tan importante. No obstante, esta aventura salió bien porque no tuve que atrapar a ese pájaro.

Me adentré en el bosque. Miré a mi alrededor sin ver al cuervo, pero encontré un nido grande en un pino raquítico. Me puse a trepar al árbol, pero el pájaro escapó volando. No sé lo que me impulsó a seguir subiendo, después del desaliento que eso me produjo, pero lo

hoguera para cocinar con
recipiente de hoja verde

hice, y ese mediodía comí huevos de cuervo y ensalada silvestre.

Durante el almuerzo también solucioné el problema de vaciar mi árbol por dentro. Después de varios intentos, encendí una hoguera, a continuación hice una taza de una hoja de col silvestre cosida con hilos de hierba. Había leído que se puede hervir agua en una hoja y desde entonces estaba ansioso por saber si ésto era cierto. Cocí los huevos en esa hoja. El agua la mantiene mojada, y aunque la hoja se seca y se quema hasta el nivel del agua, ahí deja de hacerlo. Estaba contento de verlo funcionar.

Por supuesto, había tardado mucho en hacer la comida, y no había avanzado gran cosa en el vaciado de mi árbol. Me sentía inquieto, y estaba apagando el fuego con los pies, cuando de repente paré, quedándome con un pie en el aire.

¡El fuego! Los indios hacían sus piraguas utilizando el fuego. Vaciaban sus troncos quemándolos por dentro, una forma mucho más rápida y fácil de conseguir resultados. Intentaría ese método en mi árbol. Si tenía mucho cuidado, a lo mejor funcionaba. Me adentré en el bosque de pinabetes con una antorcha, e hice una hoguera dentro del árbol.

Pensé que debería tener un cubo de agua por si se perdía el control del fuego. Miré con desesperación a mi alrededor. El agua estaba al otro lado de la cañada, dentro del barranco, por lo que no me servía de nada. Empecé a pensar que la idea de vivir dentro de un árbol resultaba una tontería. Era realmente importante vivir cerca del agua para beber, cocinar y asearme con facilidad. Miré con tristeza al magnífico pinabete y estaba a punto de apagar el fuego y abandonar la idea, cuando me dije algo que debía de haber leído en algún libro: «Los pinabetes normalmente crecen cerca de los arroyos y los manantiales». Giré en redondo y vi que a mi alrededor no había más que rocas. «Pero hay humedad en el aire», pensé. Y me lancé hacia las rocas. Entorné los ojos, mientras miraba y husmeaba por allí. No había agua. Volvía al árbol dando un rodeo, cuando casi me caí dentro de ella. Dos rocas hacían de centinelas; estaban empapadas y decoradas con flores, helechos y musgo —todas las plantas que aman el agua— y custodiaban un manantial del tamaño de una bañera.

—¡Qué cosa más bonita! —exclamé, y me tumbé de bruces para meter la cabeza dentro del manantial y beber. Abrí los ojos. El agua estaba como el cristal. Había pequeños insectos con remos. Escaparon de mí. Los escarabajos de agua se escabulleron llevándose consigo una plateada burbuja de aire. Entonces vi también un cangrejo de río.

Me puse de pie de un salto, di vueltas a las piedras y allí encontré muchos más. Al principio tardaba en cogerlos porque muerden. Apreté los dientes, pensé: «duele más el hambre que el mordisco», y me lancé sobre ellos. Me mordieron, es cierto, pero al final tuve mi cena. Era la primera vez que hacía algo pensando en el futuro. Todos los planes que hice durante aquellos días me sorprendieron tanto y tuvieron tanto éxito que estaba encantado con cualquiera de ellos por pequeño que fuera. Envolví los cangrejos en hojas verdes, los metí en mi bolsillo y regresé a mi árbol.

«Un cubo de agua», pensé, ¿un cubo de agua?, ¿dónde iba a encontrar un cubo de agua? Aunque encontrara agua, ¿cómo pensaba yo llevarla hasta el árbol? Estaba demasiado acostumbrado a la vida en la ciudad y nunca había vivido sin un cubo —cubo de fregar, cubo para el agua...—, y por eso, cuando se presentó el problema del agua, al momento pensé que podía ir a la cocina y coger un cubo.

—Bien, la tierra es tan buena como el agua —me dije, mientras volvía corriendo a mi árbol—. Puedo apagar el fuego con tierra.

Los días pasaron, mientras yo trabajaba, quemaba el árbol, cortaba leña y buscaba comida. Y cada día yo hacía una muesca más en una rama de álamo que había clavado en el suelo como calendario.

Conozco a alguien de mi propia especie y tengo problemas para escapar de él

Terminé mi casa el día cinco de junio. Podía estar de pie dentro de ella y echarme, y todavía quedaba sitio allí para poner una silla hecha con un tocón. En los cálidos atardeceres podía tumbarme boca abajo y mirar hacia fuera por el hueco de la puerta, escuchar a las ranas y a los chotacabras y esperaba que hubiera una tormenta para poder refugiarme dentro de mi árbol y estar seco. Yo me había calado durante dos chaparrones en mayo y ahora que mi casa estaba terminada, me hacía ilusión sentarme y ver cómo la tormenta lo empapaba todo. Esa oportunidad no tardó mucho tiempo en presentarse.

Una mañana estaba yo al borde de la cañada. Había talado un fresno y ahora lo cortaba en trozos de aproximadamente medio metro. Con esos troncos pensaba hacer mi cama; la iría construyendo por las noches, después de cenar.

Con el dorado verano encima, era mucho más fácil conseguir comida y tenía varias horas de tiempo libre para hacer otras cosas, sobre todo después de la cena. Ahora comía ancas de rana, galápagos y, lo mejor de

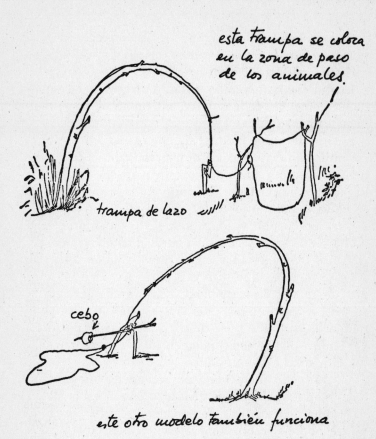

esta trampa se coloca
en la zona de paso
de los animales.

trampa de lazo

cebo

este otro modelo también funciona

todo, algún que otro conejo. Mis trampas y cepos estaban siempre puestos, y es más, tenía una buena provisión de raíces de enea que había extraído de la ciénaga.

45

Si comes estas raíces alguna vez, debes cocerlas bien, porque si no, las fibras son muy duras y hay que masticarlas más de lo que merece la pena.

Cuando se han comido durante un par de semanas, saben como las patatas y, en mi opinión, están muy buenas.

Bueno, de todos modos, aquella mañana de verano, mientras cortaba y recogía el material para la cama, estuve cantando y jugando con un mapache que había llegado a conocer bien. Cuando volví a la cañada, él ya se había metido en el hueco de un árbol para dormir. De vez en cuando yo daba golpecitos en su árbol con mi hacha. Él sacaba su cara somnolienta, me gruñía, cerraba los ojos y desaparecía de nuevo dentro del árbol.

La tercera vez que hice eso, supe que algo iba mal, porque en vez de cerrar los ojos, levantó sus orejas y su cara se volvió tensa. Sus ojos estaban fijos en algo, montaña abajo. Me puse de pie y miré, pero no podía ver nada. Volví a sentarme en cuclillas y seguí trabajando. El mapache se escondió.

—¿Qué es lo que le tiene tan excitado? —me pregunté, e intenté una vez más divisar lo que él había visto.

Terminé los soportes de la cama, y estaba buscando un fresno más grande para talarlo y hacer tablas, cuando tuve un gran susto.

—¿Qué haces tú, aquí solo? —Era una voz humana. Me di la vuelta y me encontré cara a cara con una viejecita que llevaba un sombrero azul pálido y un amplio vestido marrón.

—¡Oh, Dios mío! —exclamé—. No me asuste usted

de esta manera y hable despacio hasta que me acostumbre a oír una voz humana.

Yo debía parecer muy asustado porque ella soltó una risita, se alisó el vestido y murmuró:

—¿Te has perdido?

—Oh, no, no, hum, am —balbuceé.

—Entonces un chiquito como tú no debería en absoluto estar aquí, en esta montaña hechizada.

—¿Hechizada? —dije.

—Sí señor. Hay una vieja historia que dice que aquí hay hombrecillos que juegan a los bolos en aquel barranco al atardecer.

Me miró con los ojos entornados.

—¿Eres uno de ellos?

—Oh, no, no —le dije—, ya he leído esa historia. Es falsa.

Me reí y ella frunció la frente.

—Bueno, venga —dijo—. Haz algo útil y ayúdame a llenar esta cesta de fresas.

Dudé, porque eran «mis» fresas.

—¡Vamos!, un chico de tu edad debería estar haciendo cosas que merecieran la pena y no dedicándose a jugar con palitos. Venga, señorito —y me hizo marchar al trote hacia la cañada.

Habíamos trabajado bastante antes de volver a decir una palabra. Francamente, me estaba preguntando cómo salvar mis preciosas y deliciosas fresas, y tengo que decir que las cogía muy despacio. Cada vez que dejaba caer una en su cesta, pensaba en lo buenas que debían estar.

47

—¿Dónde vives tú? —me preguntó.

Di un salto. Es muy, muy extraño oír una voz humana después de semanas de escuchar sólo a los pájaros y a los mapaches, y es más extraño aún oír a esa voz preguntar una cosa semejante.

—Vivo aquí —dije.

—Querras decir en Delhi. Bien, me puedes acompañar a casa.

Nada de lo que decía conseguía convencerla de que yo no vivía en Delhi. Así que no insistí más.

Creo que habíamos recogido todas y cada una de las fresas, cuando ella se puso de pie, apoyó su brazo en el mío y me acompañó, montaña abajo.

Yo, por supuesto, no quería acompañarla. Sus brazos delgados pero fuertes eran como las pinzas de un cangrejo de río. Yo no habría podido escapar de ella aunque lo hubiera intentado. Así que caminaba y la escuchaba.

Me contó todas las noticias locales y del mundo, y era bastante agradable oír cosas sobre la Liga Nacional de Béisbol, una prueba de bomba atómica, y el perro cojo de un tal señor Riley, que perseguía a sus gallinas. En medio de todo este cotorreo, me dijo:

—Esa es la mejor plantación de fresas de todas las Catskill. Vengo aquí todas las primaveras. Durante cuarenta años he venido a esta cañada a recolectar mis fresas. Cada vez es más difícil, pero no hay ninguna mermelada de fresa mejor que la que hago con ellas. Estoy segura. He vivido aquí toda mi vida.

Y entonces empezó a hablar de «Los Yankis» de Nueva York, sin hacer siquiera un punto y aparte.

Mientras la ayudaba a cruzar el arroyo, pisando las grandes rocas, oí un grito en el cielo. Alcé la vista y vi un gran pájaro que planeaba por encima del valle con sus largas y puntiagudas alas. Me sorprendió la rapidez y la facilidad de su vuelo.

—Es un halcón peregrino —dijo ella—. Todos los años vienen aquí a hacer sus nidos. Mi marido solía cazarlos porque decía que mataban a las gallinas, pero yo no lo creo. La única cosa que mata a las gallinas es el perro cojo del señor Riley.

Oscilaba y se tambaleaba al cruzar las rocas, pero seguía hablando y caminando como si supiera que, pasase lo que pasase, conseguiría llegar al otro lado.

Por fin llegamos al camino. No quise escuchar más su parloteo y me dediqué a pensar en el halcón peregrino, el rey de los pájaros cazadores.

—Conseguiré uno y lo adiestraré para que cace para mí —me dije.

Por último acompañé a la anciana hasta su oscura casa, en las afueras del pueblo.

Ella se volvió hacia mí con furia. Yo retrocedí.

—¿Dónde vas, jovencito?

Me detuve. «Ahora —pensé— querrá seguir andando hasta el centro, ¿el centro? Bueno, allí voy a ir». Y giré sobre mis talones, le sonreí y contesté:

—Voy a la biblioteca.

El proveedor real

La señorita Turner se alegró de verme. Le dije que quería ver algunos libros sobre halcones y gavilanes, y ella localizó varios, aunque la biblioteca no tenía muchos sobre estas materias. Trabajamos toda la tarde y yo aprendí bastante. Me marché cuando cerró la biblioteca. La señorita Turner me susurró algo cuando ya me iba:

—Sam, necesitas un corte de pelo.

No me había visto a mí mismo en tanto tiempo que eso ni siquiera se me había ocurrido.

—¡Cielos!, no tengo tijeras.

Ella pensó durante un minuto, sacó unas tijeras y me hizo sentar en la escalera de atrás.

Realizó un buen trabajo y yo me sentí como si fuera otro chico que ha estado jugando durante todo el día y que, con un poco de agua y jabón después de la cena, puede irse a la cama en una casa normal.

Volví a mi árbol. Las manzanas de mayo estaban maduras, y yo me atiborré de ellas mientras cruzaba los bosques. Saben a plátano y están muy dulces, también tienen un cierto gusto a tierra y son resbaladizas. Pero a mí me gustaron.

Al llegar al torrente pesqué una trucha. Todo el mundo cree que es difícil atrapar una trucha porque se venden muchos chismes complicados, moscas artificiales y sedales para pescarlas, pero, francamente, son más fáciles de coger que cualquier otro pez. Tienen una boca muy grande y agarran y tragan entero todo lo que ven cuando tienen hambre. Con mi anzuelo de madera en su boca, la trucha fue mía. El problema es que las truchas no suelen tener hambre cuando la mayoría de la gente tiene tiempo para pescarlas. Yo supe que aquella tarde estaban hambrientas porque el riachuelo se agitaba y los pececillos estaban saltando fuera del agua. Cuando veas estas señales, ve a pescar, las atraparás.

Hice un fuego en la superficie de una roca plana, a la orilla del lago, y asé la trucha. Mientras tanto me puse a contemplar el cielo porque quería ver de nuevo al halcón. También coloqué la cabeza de la trucha en mi anzuelo y la metí en el charco. A una tortuga mordedora le gustaría mucho.

Esperé pacientemente a que apareciera el halcón porque no tenía que ir a ninguna parte. Después de casi una hora, tuve mi recompensa. Una pequeña manchita se fue acercando desde el valle y planeó sobre el arroyo. Todavía estaba lejos cuando plegó sus alas y se lanzó hacia tierra. Le observé. Volvió a subir con torpeza porque llevaba comida, y se dirigió otra vez hacia el valle. Bajé corriendo a lo largo del arroyo y me construí un cobertizo cerca de unos riscos, donde yo creía que se encontraba el pájaro. Como había aprendido aquel día que los halcones peregrinos hacen sus nidos en los riscos, el lugar me pareció adecuado.

A la mañana siguiente, muy temprano, me levanté y me fui a buscar unos tubérculos de marantas que crecían en la orilla del torrente. Los asé y cocí también unos mejillones de agua dulce para desayunar. Entonces me acomodé debajo de un sauce para vigilar el risco. Los halcones vinieron por detrás de mí y rodearon el riachuelo. Seguramente habían estado cazando fuera, antes de que yo me levantara, y ahora regresaban con la comida. Esto era emocionante. Ahora estaban alimentando a las crías y yo debía estar ya en algún lugar cerca del nido.

Vi a uno de ellos virar hacia el risco y desaparecer. Minutos después salió volando sin nada en las garras. Tomé nota en mi mente del lugar y exclamé: ¡Ajá!

Después de cruzar el torrente por su parte menos profunda, me encontré al pie del risco y me pregunté cómo iba a subir la escarpada pared.

Como deseaba tanto tener un halcón, me agarré con los dedos y con los pies y empecé a subir. La primera parte fue fácil porque no estaba demasiado empinada. Cuando creía que ya no podría seguir, encontré un pequeño saliente y me subí a él. Estaba muy alto, y cuando miré hacia abajo, el torrente pareció dar vueltas. Decidí no volver a mirar. Subí a otro saliente y me tumbé allí para recuperar el aliento. Temblaba por el esfuerzo realizado y estaba cansado.

Miré hacia arriba para ver cuanto más tendría que subir, y entonces mi mano tocó algo húmedo, la retiré y vi que estaba blanca por excrementos de pájaro. Entonces los vi. Casi donde había estado mi mano se hallaban tres pajaritos cubiertos de pelusa grisácea. Sus bocas abiertas les daban un aire sorprendido.

—¡Eh, hola, hola! —dije—, ¡qué bonitos sois!

Cuando hablé, los tres parpadearon a la vez; las tres cabecitas giraban y seguían mi mano mientras la dirigía hacia ellos. Los tres miraban mi mano con sus bocas abiertas. Eran maravillosos. Me reí, pero no pude llegar hasta donde se encontraban.

Me lancé hacia donde estaban y ¡zas!, algo me dio en el hombro y me hizo mucho daño. Giré la cabeza hacia atrás y vi que la hembra me había golpeado. Se alejó, dio media vuelta y se abalanzó de nuevo contra mí.

Ahora sí tenía miedo porque pensaba que me iba a abrir el hombro hasta el hueso. Con un vigor repentino me puse de pie, me lancé hacia el nido y cogí el más grande de los pajarillos. Las hembras son mayores que los machos. Ellas son los auténticos «halcones». Son un orgullo de reyes. Metí el pajarito dentro de mi jersey y me incliné hacia el risco. Me enfrenté con la madre que se lanzó contra mí como una bala. Extendí la pierna y ella se golpeó con la suela de mi zapatilla. Volvió al ataque con más velocidad, y cuando hablo de velocidad, quiero decir de cincuenta a sesenta millas por hora. Me imaginé deshecho, tirado abajo, en el valle, y me dije: «Sam Gribley, deberías bajar de aquí como un conejo.»

Salté al saliente de abajo, vi que era bastante ancho, resbalé sobre mi pantalón hacia el próximo saliente, y paré. Por lo visto, el halcón no sabía contar. No se dio cuenta de que yo me había llevado una cría porque miró el nido, vio las bocas abiertas y se olvidó de mí.

Llegué al torrente como pude, pero tuve mucho cuidado de no hacer daño al caliente cuerpecito cubierto de pelusa que estaba apoyado en el mío. No obstante,

53

Retador, como le llamé desde el primer momento, a causa de las dificultades que habíamos tenido para conocernos, no tuvo tanto cuidado conmigo. Se aferró a mi pecho con sus patas para no caerse durante nuestro accidentado descenso. Al llegar abajo, me tambaleaba, puse al halcón en un nido de botones de oro y me quedé dormido.

Cuando desperté, mis ojos, al abrirse, se encontraron con dos ojillos grises en una blanca y peluda cabecita. Algunas pequeñas plumas salían de la revuelta pelusa, como las flechas de una aljaba india. El gran pico azul se curvaba hacia abajo, como si estuviera gruñendo, y luego hacia arriba, casi en una sonrisa.

—¡Oh, Retador!, eres toda una belleza.

Retador erizó sus escasas plumas y tembló. Lo recogí, formando un pequeño hueco con mis dos manos y lo cobijé bajo mi barbilla. Metí mi nariz en su profunda y cálida pelusa que despedía un olor dulzón y polvoriento.

¡Cáscaras!, ¡cuánto me gustaba este maloliente pajarito! Era tan agradable sentir el latir de la vida y ver los divertidos, simples y torpes movimientos de una cosa tan pequeña.

Le saqué las patas entre mis dedos, se las uní junto con sus alas, lo oculté por completo bajo mi barbilla y lo arrullé.

—Retador —le dije—, te vas a divertir con lo que vamos a hacer ahora.

Lavé mi hombro, que aún sangraba, en el arroyo, metí los hilos rotos de mi jersey en el agujero del que había salido y me encaminé hacia mi árbol.

Lo que hice frente al primer hombre que me sobresaltó

Al llegar al borde de la pradera, intuí que algo no iba bien en el campamento. No sé cómo, pero supe que había cerca un ser humano. Sólo puedo decir que después de vivir tanto tiempo entre pájaros y otros animales, los movimientos de un ser humano son tan diferentes como lo es la detonación de una pistola de fogueo frente a la de un cañón.

Repté hasta el campamento. Cuando vi al hombre que yo había sentido, me detuve y observé. Llevaba un uniforme de guarda forestal. Al momento pensé que habían enviado a alguien a recogerme, y empecé a temblar. Entonces caí en la cuenta de que no tenía que volver a encontrarme con el hombre en absoluto. Era completamente libre y capaz de instalarme en cualquier lugar. Mi árbol no era más que una agradable costumbre.

Rodeé el riachuelo y pasé al otro lado de la garganta. En el camino fui a ver una trampa que había puesto; era de esas en las que un peso cae sobre la presa. La piedra había caído y tenía debajo un hermoso conejo.

Elegí un confortable lugar justo debajo del borde de la garganta, donde podía mirar de vez en cuando y vigilar mi árbol. Quité la piel al conejo y le di a comer a Retador algunas de las partes más sabrosas, al menos desde el punto de vista de un joven halcón: el hígado, el corazón y los sesos. Lo devoró todo en segundos. Cuando vi su forma de tragar tuve una gran satisfacción. Es difícil explicar lo que sentí en aquel momento. Me parecía maravilloso ver cómo se agitaba la vida en aquel singular y pequeño cuerpecito cubierto de plumas que hacía ruidos sin sentido y que miraba con sus ojos de leche. Esa vida latía en él igual que podía latir en mí.

La comida le dio sueño. Podía ver cómo cerraba los párpados y daba cabezadas. El cuerpecillo peludo se mecía, extendió la cola para mantener el equilibrio y me pareció que el pequeño halcón peregrino suspiraba mientras se hundía en las hojas. Y se durmió.

Yo tenía ahora mucho tiempo libre. Debía esperar a que el hombre se marchara, así que me puse a observar a mi pajarito: los hermosos detalles de su nuevo plumaje, las pestañas como helechos a lo largo de sus párpados, sus insolentes plumas en la base de su pico. Pasé varias horas muy agradables.

Retador se despertaba, yo le daba de comer, el volvía a dormirse y yo miraba cómo su respiración mecía su pequeño cuerpo. Yo respiraba de la misma manera pero no tan deprisa. Su corazón latía con más rapidez que el mío. Estaba creado hasta en sus mismos huesos para una vida más veloz.

De repente me di cuenta de que tenía hambre. Me puse de pie para ver si el hombre se había marchado, pero él seguía allí. Paseaba y bostezaba.

Ahora el sol le daba en la cara y me resultó muy fácil

verle, era un guardabosques. Pensé que no había llovido en casi tres semanas y los aviones contra incendios habían estado patrullando sobre las montañas y los valles. Quizá alguien había visto el humo de mi hoguera y mandaban un hombre a investigar. Me acordé de la tierra pisada y sin hierba alrededor del árbol, del hogar de piedras lleno de ceniza, los trozos de madera que habían sobrado después de construir mi cama, y resolví mantener mi parcela más limpia.

Hice una sopa de conejo en una lata que encontré en el fondo de la garganta, la sazoné con ajos silvestres y raíces de arisema.

Las arisemas tienen tres grandes hojas en un tallo y son fáciles de reconocer por su rizado toldo de rayas, encima de un predicador tieso y serio. La raíz de la arisema o bulbo sabe y se parece a la patata. Nunca se debe comer cruda.

Utilicé la madera más seca para encender un fuego, y lo hice en la orilla misma. Esta noche en particular no quería un fuego con mucho humo.

Después de la cena me construí una cama de ramas y me tendí con Retador a mi lado. Según parece, cuanto más acaricias y manoseas a un halcón más fácil es amaestrarlo.

Yo tenía toda clase de proyectos para hacer capuchones y pihuelas, que así se llaman los correajes de los halcones, y pronto me olvidé del hombre.

Me estiré encima de las ramas y me dediqué a escuchar a las avefrías, que cantaban sus hechiceras despedidas, hasta que me quedé dormido.

Aprendo a sazonar mi comida

El guardabosques había encendido una hoguera en algún frío momento de la noche. Al amanecer estaba durmiendo al lado de las blancas cenizas. Volví a la garganta, di a Retador unos trocitos de conejo, y me acerqué con sigilo al borde de la cañada para mirar una trampa de caja que había hecho el día anterior. La construí atando unas ramitas como si fuera una cabaña de troncos. Esta trampa funcionaba mejor que los cepos o las trampas de peso. Para entonces ya había cogido numerosos conejos, varias ardillas y una marmota.

Cuando me acerqué vi que estaba cerrada. Incluso ahora, ver una trampa cerrada me emociona. Todavía no puedo creer que los animales no entiendan que una comida tan deliciosa no puede estar en un lugar tan ridículo.

Bueno, aquella mañana me adentré mucho en el bosque para abrir la trampa. El animal que había en su interior era muy ligero. No pude adivinar de qué se trataba. Era también muy activo, y saltaba y se movía de un lado a otro. Miré a través de una rendija para localizarlo. Así podría cogerlo rápidamente por detrás de la cabeza, sin que me mordiera. No siempre había tenido éxito en esto y conservaba varias cicatrices como prueba.

Acerqué el ojo a la rendija. Entonces se formó un alboroto en la oscuridad, brillaron dos pequeños ojos, y una comadreja salió por un agujero que no era ni siquiera del ancho de una judía verde. Se lanzó directamente hacia mí, aterrizó en mi hombro, me soltó una «regañina» que no olvidaré nunca y desapareció debajo de unas hojas de trillium y sanguinaria.

Volvió a salir a unos cinco pies de distancia y se levantó sobre sus patas traseras para regañarme de nuevo. Le dije: «¡lárgate!», pero se vino justo a mi rodilla, puso sus anchas y peludas patas en mi pantalón y me miró a la cara. Nunca podré olvidar el miedo y el asombro que sentí frente al coraje de aquella comadreja. Se mantuvo firme y me reprendió. Pude ver cómo relampagueaban sus ojos y se elevaba su labio superior, y supe que estaba furiosa conmigo por haberla atrapado. No era capaz de hablarme, pero yo sabía lo que quería decirme.

Me llené de asombro cuando me di cuenta de que ella no tenía ningún miedo en absoluto. Ningún otro animal, y en aquel momento ya conocía varios, había sido tan valiente en mi presencia. Saltó sobre mí mientras chillaba, lo cual me sorprendió y me asustó. Dio un salto desde mi regazo a mi cabeza, metió algunos de mis pelos en su boca y luchaba con ellos. Se me puso la carne de gallina. Estaba demasiado asustado para moverme. Y esto fue mejor para mí, porque supongo que pensó que no iba a luchar y su chillido de furia se convirtió en un ronroneo de paz. De todos modos, no me atrevía a moverme.

Bajó enseguida con tanta dignidad como un rey, y se alejó sin mirar hacia atrás. Se hundió bajo las hojas como un pez debajo del agua. Ni un tallo se movió para indicarme su paso.

Así fue como Barón y yo nos vimos por primera vez, y ése fue el comienzo de una molesta pero maravillosa amistad.

Retador había estado observando todo aquello. Se encontraba tenso por el miedo. Aunque joven e inexperto, conocía a un enemigo cuando lo veía. Lo cogí y susurré dentro de las plumas de su cuello, que olía a pájaro:

—¡Cuánto sabéis vosotros los animales!

Como no podía volver al árbol, decidí pasar el día en el pantano del lado oeste de la montaña, donde había gran cantidad de espadañas y ranas.

Retador se balanceaba en mi mano mientras caminábamos. Había aprendido a hacerlo en una sola tarde. Era un pájaro muy listo.

En nuestro camino encontramos un ciervo. Era una hembra. Estuve observando desde lejos sus movimientos rápidos y elegantes. Le dije a Retador:

—Eso es lo que yo quiero. Necesito una puerta para mi casa, unas correas para ti y una manta para mí. ¿Cómo voy a cazar un ciervo?

No era la primera vez que había dicho esto. El bosque estaba lleno de ciervos y ya había hecho en un tronco de abedul los planos para trampas de peso, trampas de foso y cepos. Ninguna parecía viable.

Transcurrió el día y al anochecer volvimos a hurtadillas a nuestro hogar, escondiéndonos detrás de cada árbol, para comprobar que el guarda se había ido. Limpié la parte de delante de mi parcela, esparcí agujas de pino en los lugares sin hierba y encendí una pequeña hoguera con leña muy seca que no producía mucho humo. No quería ver más guardas. Me gustaba mi árbol y aunque pudiera vivir en cualquier otro sitio, no quería hacerlo.

De nuevo en la casa, empecé a trabajar inmediatamente. Tenía un aparato que quería probar, así que puse algunas ramitas de pacana en una lata para hervirlas mientras preparaba la cena. Antes de irme a la cama tomé estas notas en un trozo de corteza de abedul:

«Esta noche voy a hacer sal. Sé que los hombres primitivos pudieron vivir sin ella, pero creo que algunas de estas comidas silvestres sabrían mejor con algo de aderezo. Sé que estas ramitas de pacana, hervidas hasta que toda el agua se avapora, dejan un residuo de sal. Voy a probarlo.»

Por la mañana añadí:

«¡Es verdad! La lata está seca y cubierta por un polvo negro. Es muy salado y lo he probado con ancas de rana para desayunar. Era justo lo que me hacía falta.»

19 de junio

«Hoy he terminado mi cama, hecha con tablillas de fresno, que resisten muy bien y son bastante flexibles y

61

cama de tablillas de fresno

confortavies. La cama cabe justo en el lado derecho del árbol. Ahora tengo grandes ramas de pinabete encima del somier, pero pronto espero tener una piel de ciervo. Estoy haciendo una trampa tan alta como yo, con un tronco encima, que apenas puedo levantar. No parece que vaya a funcionar. Ojalá hubiera otra manera de conseguir un ciervo.»

20 de junio
«Hoy decidí cavar un foso para cazar el ciervo, por eso tallé una pala en un tablón de madera que encontré en el arroyo esta mañana. Este riachuelo es muy útil, me ha dado latas que me sirven para cocinar y ahora una tabla de roble para hacer la pala.

»Retador salta desde el tocón a mi mano. Todavía no puede volar. Las plumas de sus alas sólo tienen una pulgada de largo. Creo que le gusto.»

Cómo la puerta vino a mi encuentro

Una mañana, antes de que se despertaran las avefrías, ya estaba yo ahumando una enorme cantidad de peces que había pescado en el arroyo. Como tenía más de lo que podía comer, les quité las espinas, los puse en una rejilla de ramas y los ahumé despacio hasta que se secaron. Ésta era la mejor forma para conservar la comida de reserva. Sin embargo, si tú decides probarlo, recuerda que has de usar una madera dura, la pacana es la mejor. Yo lo probé con pino para la primera tanda de peces, y los arruiné con el alquitrán que se formó al quemarse la resina.

Bien, todo estaba muy silencioso y de repente sonó un chillido. Me metí de un salto en mi árbol. Poco después reuní la valentía suficiente para mirar hacia fuera.

—¡Es Barón! —exclamé con asombro. Estaba seguro de que era la misma comadreja que había conocido dentro de la trampa. Se encontraba en una roca justo enfrente de mi pinabete, pataleando en los helechos, mientras se erguía y me miraba fijamente.

—Ahora, quédate ahí —le dije. Por supuesto, dio un salto y vino hacia mí tan rápido como un chorro de aire. Estaba en la puerta antes de que pudiera pararlo, y galopaba alrededor de mis pies, botando como una pelota.

—Pareces muy contento, Barón. Espero que estos brincos sean de alegría —le dije.

Agarró la pernera del pantalón entre sus dientes, dio un tironcito y volvió a su roca. Se metió en un agujero pequeño. Volvió a salir, modisqueó un helecho que tenía cerca y dio la vuelta a su roca. Salí a gatas del árbol para buscarle. No le vi por ninguna parte. Metí un palito en su agujero para intentar provocarle. Me encontraba ya un poco nervioso, así que cuando oí un tiro en el bosque di un salto y me metí en mi árbol. Cantó un grillo, un tordo rascó las hojas y yo esperé. Un larguísimo minuto después, una sombra oscura salió a la pradera, tropezó y cayó.

Tuve la impresión de que era un ciervo. Sin esperar a considerarlo salí corriendo hacia la cañada. No había nadie. Ahí, efectivamente, estaba el ciervo, ya muerto. Con toda mi fuerza, arrastré al pesado animal hacia la espesura. Corrí a mi árbol, recogí las grandes ramas de pinabete que cubrían mi somier, volví al lado del cuerpo y lo tapé con ellas. Metí algunos helechos entre las ramas para que pareciera que crecían allí y volví sin aliento a mi árbol.

Apagué el fuego con rapidez, escondí mi rejilla de ahumar en el manantial, cogí a Retador y me introduje en el pinabete.

Alguien estaba cazando furtivamente y vendría en cualquier momento a recoger su pieza. El tiro había venido del otro lado de la montaña, y yo calculé que tenía unos cuatro minutos para arreglar todo antes de la llegada del cazador.

Luego, cuando ya estaba escondido y preparado, Retador comenzó a lanzar su grito de hambre. Aún no le había dado de comer aquella mañana. ¡Oh!, ¿cómo iba a explicarle la terrible necesidad de que guardara silencio? ¿Cómo avisaría una madre halcón a sus crías de que estaban en peligro? Le cogí en mis manos y le acaricié el estómago. Luchaba contra mí y de repente se quedó quieto en mi mano, con sus patas hacia arriba y un gran brillo en sus ojos. Se puso tieso y luego se relajó. Seguí acariciándole y me di cuenta de que estaba hipnotizado. Cuando dejaba de acariciarle, se quedaba quieto y de un salto se ponía de pie. No estaba seguro de que eso fuera lo que hacía su madre, pero funcionaba.

Los arbustos crujieron, las hojas susurraron y un hombre con un rifle apareció en la cañada. Pude ver su cabeza y sus hombros. Miró a su alrededor y disparó hacia el bosque de pinabetes. Me acurruqué en la cama y seguí acariciando al hambriento Retador.

No podía ver al hombre desde mi cama, pero sí podía oírle.

Escuché cómo se aproximaba a los árboles y pude ver sus botas cuando se detuvo delante de los restos del fuego; entonces vino hacia mi árbol. El corazón se me salía por el sueter. Me sentía aterrorizado.

Estuve toda la mañana en la cama, explicando al furioso y pequeño montón de plumas que tenía en mi mano que habría carne de ciervo para él si tenía paciencia.

En el camino que bajaba por el otro lado de la montaña, sonó un nuevo disparo. ¡Cómo deseaba que cayera otro ciervo a los pies del cazador furtivo y que se lo llevara a casa!

Cuando se hizo de noche salí a buscar mi pieza. Retador estuvo a mi lado mientras le quitaba la piel y lo cortaba en trozos. Comió ciervo hasta hartarse.

No apunté cuánto tiempo me llevó hacer los trozos de ciervo para ahumarlos y preparar la piel para curtirla, pero fueron muchos, muchos días.

Sin embargo, cuando me senté a tomar un filete... ¡Ah! ¡eso era una comida! Durante varios días no comí otra cosa. Escribí en un trozo de corteza de abedul: «Creo que he crecido una pulgada por comer venado.»

Retador y yo fuimos hasta la pradera donde se había hecho la comida, y yo me revolqué en la hierba. Las estrellas empezaron a salir y la tierra despedía un olor dulzón.

Cerré los ojos. Al momento oí: *«Pip, pop, pip, pop»*.

—¿Quién hace ese ruido? —pregunté medio dormido a Retador. El erizó sus plumas.

Volví a escuchar: *«Pip, pop»*. Me puse boca abajo y apoyé mi cara en la hierba. Algo brilló debajo de mí, y en la débil luz del atardecer vi una lombriz que salía de su escondite.

Cerca de mí salió otra y se oyó un *«pop»*. Pequeñas burbujas de aire explotaban cuando estos pequeños y silenciosos animales llegaban a la superficie. Eso me hizo sonreír. Me alegré de saber eso sobre las lombrices. No sé por qué, me pareció una de las mejores cosas que había aprendido en el bosque: que las lombrices, humildes y confinadas en la oscuridad de la tierra, fueran capaces de armar un pequeño revuelo en el mundo.

Retador aprende su abecedario

Pasé todo mi tiempo libre quitando los pelos de la piel de ciervo para curtirla. Sabía que para curtir una piel hay que ponerla en remojo en ácido tánico. En los bosques este ácido se encuentra en los robles, pero tardé varias semanas en averiguar cómo conseguirlo. Necesitas muchas astillas de roble sumergidas en agua. Así se produce el ácido. Mi problema no eran ni los robles ni el agua, sino el encontrar un recipiente lo suficientemente grande como para poner la piel de ciervo.

Una noche, al volver del torrente, tuve una inspiración.

Había llovido el día anterior, y cuando Retador y yo pasamos por delante de un viejo tocón, vi que había recogido algo de agua.

—Un tocón, un tocón de roble sería perfecto —le dije en voz alta a mi bonito halcón.

Así que talé un roble cerca de la garganta, lo quemé por dentro para lograr el agujero, lo llené de agua y

percha

pihuelas o correas para las patas

correa

metí allí la piel de ciervo. La dejé en remojo unos cinco días, antes de sacarla y ponerla a secar. Se quedó tan dura como una tabla, y tuve que mascarla, frotarla, saltar encima de ella y retorcerla para conseguir ablandarla. Una vez hecho esto; tenía mi puerta. La colgué de unas clavijas de madera en la entrada, y como era más grande de lo que me hacía falta, de vez en cuando cortaba trozos para otras cosas. De ahí saqué dos estrechas tiras para hacer pihuelas, o ataduras de pata, para Retador. Todos los buenos halcones llevan correas y pihuelas para atarlos durante su entrenamiento.

Ahumé la carne que no pude comer y la almacené. Aproveché todo lo que pude del animal. Incluso usé uno de sus huesos como punta de una lanza. Estaba harto de coger ranas por el sistema de saltar y perderlas. Hice dos puntas afiladas y las até una a cada lado del extremo de un largo palo, formando así una especie de tenedor. Funcionó de maravilla. Las ranas eran una de mis comidas preferidas y descubrí que las podía preparar de varias maneras; no obstante, me aficioné a la sopa del modo siguiente:

«Limpiar, quitar la piel y hervir hasta que estén tiernas. Añadir cebolla silvestre, capullos de nenúfar y zanahorias silvestres. Espesar con harina de bellotas. Servir en un caparazón de tortuga.»

En aquel momento mis dos pares de pantalones estaban raídos y mis tres jerseys deshilachados. Soñaba con tener un traje de piel de ciervo y acechaba a la manada que vivía en el bosque, para tener ropa nueva.

El ciervo para mi traje no vino con tanta facilidad como el primero. Construí una trampa bajo un tronco, y puse como cebo una bola de bayas de saúco; pero ésta se reblandeció y no funcionó muy bien. Entonces recordé que a los ciervos les gusta la sal. Fabriqué una bola de sal de pacana y grasa de tortuga.

Todas las tardes, Retador y yo íbamos al borde de la pradera y mirábamos a través del bosquecillo de álamos para ver si el gran tronco había caído, a veces nos acompañaba Barón. Una noche vimos tres ciervos que rondaban cerca de la trampa de forma sosegada y se acercaban al olor de la sal. En un momento dado, Barón se lanzó hacia mi pantalón, pero mordió mi tobillo con gran fuerza. Supongo que había crecido algo y eso había hecho que quedara un espacio entre los calcetines y los pantalones. Grité y los ciervos huyeron.

Perseguí a Barón hasta la casa y tuve la desagradable sensación de que se burlaba de mí mientras corría, brincaba, daba vueltas y desaparecía.

Era muy difícil entenderle. ¿Que quería de mí? De vez en cuando le dejaba trozos de tortuga o venado, y aunque olfateaba mis ofrendas, no las comió nunca. Se los llevaba el tordo. La mayoría de los animales se dejan domesticar si les das de comer, pero Barón no comía nada. Sin embargo, yo parecía caerle bien. Me fui dando cuenta de que no tenía ni pareja ni familia. Podía ser un triste soltero que, por falta de una vida normal, quería unirse a extraños compañeros. Bueno, fuera lo que fuera, Barón se consideraba mi amigo por lo que yo era, y se lo agradecía. Era un «tío» con mucha personalidad.

Todos los días me dedicaba a entrenar a Retador. Era un proceso largo. Le ponía en un tocón, atado con una larga correa, me alejaba algunos metros con un poco de carne en mi mano y silbaba. El silbido quería decir que tenía carne para él.

Al silbar, le enseñaba la carne y, después de varios intentos, volaba a mi mano. Le acariciaba y le daba de comer. Volaba bastante bien, y por eso me aseguraba de que nunca comía sin haber venido a mi mano.

Un día, durante el desayuno, le silbé. Yo no tenía comida y él no tenía hambre, pero vino a mí. Me emocioné. Había aprendido que un silbido quiere decir «Ven».

Le miré a sus grisáceos ojos aquella mañana, y creí ver una tierna comunicación. Sus plumas se erizaron mientras estaba posado en mi mano. A eso le llamo yo un «lenguaje de plumas». Quiere decir que está contento.

Cada día me alejaba más y más del tocón para conseguir que Retador volase en distancias más largas. Un día hizo unos cincuenta pies, y para celebrarlo nos fuimos a recoger semillas, cortezas y tubérculos.

Utilicé mi jersey más viejo para llevar esas cosas. No era muy cómodo, y cada vez que lo llenaba, diseñaba en mi mente bolsillos más grandes y mejores para mi traje de piel de ciervo.

El verano era maravilloso. Había comida en abundancia y yo pasaba la mayor parte de la mañana recolectándola para almacenarla por la tarde. Entonces pude ver que mis huecos no tenían suficiente capacidad para guardar la gran cantidad de comida que iba a hacerme falta durante el invierno. Así que empecé a excavar un nuevo agujero en otro árbol. Cuando aparecieran los frutos de la pacana, las bellotas y las nueces, me haría falta un arcón. Te sorprendería saber el número tan enorme de nueces que hace falta para llenar un caparazón de tortuga sólo con la parte comestible, y no

71

hablo de una tortuga de agua, sino de una pequeña.

Con la vida fácil del verano también llegó una amenaza. El bosque se llenó de excursionistas, y más de una vez tuve que esconderme en mi árbol mientras aquella gente ruidosa cruzada la cañada, camino de la garganta.

Por lo visto, la garganta debía merecer la pena a aquellos que querían subir las cuatro millas que había desde el pie de la montaña.

Una mañana oí la llegada de un grupo de excursionistas. Silbé a Retador y vino inmediatamente. Nos sentamos dentro del árbol. Todo estaba muy oscuro allí con la puerta cerrada, y me di cuenta de que necesitaba una vela. Proyecté una lámpara hecha con un caparazón de tortuga y una mecha de piel de ciervo, y mientras cortaba una tira de esa piel oí un agudo chillido.

Las voces de los excursionistas se hacían cada vez más claras. Me pregunté si alguno de ellos se habría caído a la garganta. Entonces le dije a Retador:

—Ése no era el grito de un ser humano, pajarito. Te apuesto un conejo a que nuestra trampa de ciervo ha funcionado. Y aquí estamos, encerrados en el árbol, sin poder ir a buscarlo.

Esperamos y esperamos, y se me acabó la paciencia. Estaba a punto de sacar la cabeza por la puerta, cuando oí la voz de un hombre que decía:

—Mira que árboles.

Habló entonces una mujer.

—¡Son enormes, Harold! ¿Cuántos años crees que tienen?

—Trescientos años, quizás cuatrocientos —dijo Harold.

Estuvieron pisoteando mi parcela, e incluso se sentaron en la roca de Barón. Aparentemente, pensaban comer allí. Entonces empezaron a pasar cosas que me hicieron reír tanto que estuvieron a punto de descubrirme:

—Harold, ¿qué le pasa a esa comadreja?, está correteando por toda la roca.

Se oyó un grito y luego un ruido de botas encima de la roca.

—Está loca —dijo la mujer.

—¡Cuidado Grace!, va a por tus pies.

Se marcharon corriendo.

En esos momentos yo me tapaba la boca con la mano para aguantar la risa, tosí y me atraganté, pero no me oyeron. Estaban ya en la cañada, expulsados del bosque por Barón. Todavía me río cuando me acuerdo de aquella mañana.

Retador y yo fuimos a recoger el ciervo al atardecer. Era precioso.

Lo que quedaba del mes de junio lo pasé ahumando ese segundo venado y curtiendo su piel, y por fin pude empezar mi traje de ciervo. Hice una aguja de hueso y corté el pantalón, usando como patrón uno de mis pantalones de ciudad deshecho. Guardé mis viejos pantalones y los fui quemando poco a poco para obtener la yesca de las hogueras.

—Retador —dije mientras cosía. Él estaba componiéndose sus plumas plateadas, negras y blancas—, esto no se termina nunca. Necesito otra piel de ciervo para hacer una blusa.

No conseguimos otro ciervo hasta el otoño, así que con lo que quedaba de la piel hice unos grandes bolsillos para recolectar comida. Uno de ellos colgaba por delante de mí y el otro por detrás, y estaban unidos por unas tiras. Resultaron muy útiles.

En el mes de julio terminé los pantalones. Me quedaban bien y eran los más bonitos que había visto en mi vida. Me sentía muy orgulloso de ellos.

Con mis bolsillos y mis nuevos y duros pantalones estaba preparado para llevar distintos tipos de comida a casa: margaritas, la corteza del chopo —una vez había visto a una ardilla comerla— y cuescos de lobo, que son setas, las únicas que me atrevía a comer. Aun así, pasé toda la tarde esperando mi muerte después de haberlas comido. Como seguí con vida, decidí disfrutarlas con frecuencia. Aunque exquisitas, las setas son peligrosas y yo no aconsejaría a nadie que las comiera en el campo. El micólogo del Jardín Botánico me dijo que ni siquiera él se las comía.

La corteza interior del chopo sabe exactamente igual que el trigo, así que recogí todo lo que pude y con ella hicimos harina. Era un trabajo lento y pesado, y en el mes de agosto, cuando estuvieron maduras las bellotas, descubrí que eran más fáciles de manejar y hacían mejor harina.

Las asaba en la hoguera y las molía entre piedras. También era un trabajo pesado, pero ahora que tenía una casa y venado ahumado y no debía andar siempre

buscando comida, podía dedicarme a tareas como ésta.
Sólo tenía que añadir a la harina agua del manantial y
cocerlo todo encima de un trozo de lata, para hacer
unas tortitas. Cuando estaban listas, eran las mejores
que había probado nunca, planas y duras, como yo
imaginaba que habría sido el pan indio. Me gustaban
mucho y solía llevar en mis bolsillos las que sobraban
de la comida.

Un bonito día de agosto llevé a Retador a la cañada.
La había estado entrenando con el señuelo, es decir,
ataba su carne a un trozo de madera cubierto de piel de
ciervo y plumas, lo tiraba al aire y él lo atrapaba al vuelo. Durante esas maniobras, Retador estaba completamente libre, y solía volar muy por encima de mí y flota-
ba allí como una hoja.

Me aseguraba de que estuviese muy hambriento antes de soltarle. Quería que volviese.

Después de algunos intentos, nunca dejaba de acudir
al señuelo, y me emocionaba su puntería. Caían juntos
el pájaro y el señuelo, y yo corría hacia ellos, cogía las
pihuelas y me sentaba sobre la gran roca de la cañada
mientras Retador comía. Aquellos eran unos preciosos
atardeceres, y el mejor fue aquel en que escribí lo
siguiente:

«Esta tarde Retador ha cogido su primera presa. Ahora ya es un halcón amaestrado. Sólo ha atrapado un gorrión, pero estamos en el buen camino. Ocurrió de forma inesperada. Retador ascendía en el cielo, mientras
volaba en círculos y esperaba el señuelo. El gorrión

cruzó volando la cañada, y del cielo cayó una mancha negra. Jamás he visto caer algo tan deprisa.

»Con un movimiento de sus alas hacia atrás, Retador frenó su caída, y a la vez atrapó al gorrión. Se lo quité y le di el señuelo. Puede que parezca cruel, pero si se acostumbra a comerse lo que caza, volverá a ser un animal salvaje».

Encuentro a un hombre amistoso

Uno de los mejores placeres del verano era mi baño diario en el manantial. El agua estaba fría y yo nunca me quedaba mucho tiempo, pero me gustaba levantarme y empezar el día con ánimos.

Ataba a Retador a una rama de pinabete y le salpicaba con agua de vez en cuando. Él contraía su pecho, ponía cara de asombro y se sacudía. Mientras yo me bañaba, se componía las plumas. Agachado entre los helechos y los musgos, me frotaba con una corteza de olmo. Cuando se moja, suelta una especie de espuma.

Las ranas saltaban fuera del agua y me dejaban entrar, y un tordo se acercaba al borde del charco para ver qué pasaba. Eramos un grupo alegre. Yo gritaba, Retador se arreglaba las plumas y el tordo inclinaba su bonita cabeza. De vez en cuando, Barón nos miraba furti-

vamente. A él no le gustaba Retador. Me resultaba misterioso saber cómo se mantenía brillante y limpio, hasta que un día se acercó a la roca situada al lado de nuestro charco con el pelo cubierto de rocío y se lamió hasta pulirse.

Una mañana se oyó un murmullo en el follaje sobre nuestras cabezas. Al instante, Retador lo localizó. Yo había aprendido a mirar donde él lo hacía cuando había ruidos extraños. El siempre veía a cualquier ser vivo antes de que yo pudiera fijar mis ojos en lo que fuera. Estaba mirando fijamente al pinabete cercano. Por fin yo también lo vi: un joven mapache. Estaba parloteando, y ahora que todos le mirábamos empezó a bajar del árbol.

Y así fue como Retador y yo conocimos a Jessie Mapache James, el bandido de la granja Gribley.

Bajó de cabeza a nuestro baño privado. Era un flaco, revoltoso y joven mapache. Debía haber nacido en la última camada, por eso no era muy grande y parecía mal alimentado. Cualquiera que hubiese sido su pasado, era evidente que ahora se encontraba en muy mal estado. Tal vez era huérfano o quizá su madre lo había echado de casa; además era bizco y miraba de una manera un poco peculiar. En todo caso, se había acercado a nosotros en busca de ayuda y Retador y yo le llevamos a casa y le dimos de comer.

En una semana engordó bastante. Después de haber alisado su pelo y haberle rascado las orejas y acariciado la espalda, Jessie Mapache James se convirtió en un leal amigo. También resultaba muy útil para ciertas cosas. Dormía durante todo el día en algún lugar oscuro entre los pinabetes; a menos que nos viese marchar al torrente, porque entonces, de árbol en árbol, de rama en rama, nos seguía. En el arroyo se convertía en el más efectivo pescador de mejillones que un chico puede tener. Jessie podía encontrar estos moluscos, donde tres hombres no serían capaces de encontrar nada.

Empezaba a comérselos hasta que se saciaba, y luego ya no sacaba más; por eso tenía que quitárselos hasta que sacara todos los que yo quería. Sólo entonces le permitía tomar algunos.

Los mejillones son muy buenos. Aquí van unas notas sobre cómo prepararlos.

«Lavar los mejillones en agua de manantial. Ponerlos en agua hirviendo con sal y cocer durante cinco minutos. Remover y dejar enfriar en su jugo. Sacar su carne. Comerlos acompañados de una pasta de harina de bellotas, un poco de ajo y manzanas verdes».

Retador se encargaba del suministro de caza menor, y ahora que ya era un experto cazador teníamos estofado de cordero, pastel de faisán y algún ocasional gorrión que yo generosamente entregaba al halcón. Tan pronto como hacíamos desaparecer los conejos y los faisanes, otros los reemplazaban.

Durante el caluroso verano, conseguir bebidas se convertía en mi principal tarea, en parte porque nadie más quería hacerlo. Un día encontré algunos árboles de sasafrás al borde del camino, extraje una buena cantidad de raíces, las pelé y las puse a secar. El té de sasafrás es casi tan bueno como cualquier cosa que tú puedas beber. Con el poleo también se puede hacer otra rica bebida. Recogí un buen puñado de estas hierbas y las colgué del techo de mi casa junto con las hojas de acebo. Yo usaba también estas fragantes plantas para cocinar, pues daban un nuevo gusto a unas comidas no muy sabrosas. La habitación tallada en el árbol olía a humo y a menta. Era el árbol con mejor olor de todas las montañas Catskill.

Mi vida era muy tranquila, estaba bien alimentado y el clima era cálido. Un día, mientras bajaba la montaña, volví a casa por el camino de la vieja granja y me detuve delante del manzano. Estaba lleno de fruta de verano, en su punto y lista para ser recogida. Llené mi bolsillo entero y me había sentado debajo del árbol para comerme algunas y pensar en la manera de secarlas para el invierno, cuando Retador clavó sus garras en mi hombro con tanta fuerza que grité de dolor.

—¡No seas tan rudo, pájaro!

Me lo quité de encima y lo deposité en un tronco donde le observé algo alarmado. Él estaba tan alerta como un cable de alta tensión. Su caperuza para las orejas, unas membranas bajo sus plumas, estaba orientada al este. Era evidente que había oído un ruido que le había disgustado. Abrió su pico. Fuera lo que fuera, yo no podía oír nada, aunque abría bien las orejas, las incliné hacia delante y deseé que Retador pudiera hablar.

Él era mis oídos y mis ojos, porque podía oír las cosas antes y más lejos. Cuando se ponía tenso, yo sabía que tenía que escuchar o mirar. El estaba ahora asustado, daba vueltas y más vueltas sobre el tronco, buscaba un sitio para posarse en el árbol y abría las alas para volar. Al final se detuvo y escuchó.

Entonces pude oírlo. Una sirena de policía sonó a lo lejos, en el camino de abajo. El sonido crecía y crecía, y yo estaba cada vez más asustado. Entonces dije:

—No, Retador, si ellos viniesen por mí no llevarían la sirena en marcha, se acercarían a hurtadillas y sin hacer ruido.

Poco después de que yo dijera eso, la sirena quedó en silencio y me pareció que el coche se detenía en el camino al pie de la montaña. Empecé a correr hacia mi árbol, pero no había llegado a pasar el nogal, cuando ya los coches arrancaron y se alejaron a toda prisa. Nos fuimos hacia casa, aunque no era demasiado tarde aún. No obstante, hacía calor y las nubes negras se estaban amontonando. Decidí tomar un baño en el manantial y trabajar luego en los mocasines que había cortado unos días antes.

Con el coche de policía todavía en mi mente, nos deslizamos en silencio en el interior del bosque de pinabetes. De nuevo Retador casi me hizo llegar a las copas de los árboles, al clavar sus garras en mi hombro. Le observé. Él miraba fijamente hacia nuestra casa. Yo miré también y me detuve porque pude distinguir la forma de un hombre tumbado entre mis dos árboles, donde dormíamos y el que servía de despensa.

Con mucho cuidado, de árbol en árbol, Retador y yo nos aproximamos a él. El hombre estaba dormido. Me podría haber ido a acampar de nuevo en la garganta, pero mi gran deseo de ver a otro ser humano pudo con mi miedo a ser descubierto.

Nos quedamos al lado del hombre. No se movía, por lo que Retador dejó de interesarse por él. No obstante, le cogí por la correa, porque yo quería pensar antes de despertarle. Retador batió sus alas; se las sujeté al cuerpo porque su aleteo me pareció demasiado ruidoso. Por lo visto, a aquel hombre no se lo parecía, no se inmutó. Era muy duro reconocer que el leve movimiento de las alas de un halcón no era un gran ruido para un hombre de la ciudad, porque con un solo golpe de sus alas, yo me despertaría del más profundo sueño como si hubiese oído un disparo. Pero el extraño seguía durmiendo. Realmente, yo llevaba ya mucho tiempo en las montañas.

Justo en ese momento, mientras yo observaba su cara sin afeitar, su pelo corto y su ropa destrozada, pensé en la sirena de la policía y até cabos.

—Un forajido —me dije—, ¡madre mía!

Tenía que pensar qué iba a hacer con él antes de que despertara.

¿Sería un tipo difícil? ¿Sería un mendigo? ¿Debería yo vivir en la garganta hasta que él se marchara? Deseaba oír su voz, hablarle de Barón, de Jessie James, decirle unas cuantas palabras en voz alta. En realidad no deseaba esconderme de él; además, él debía de estar hambriento. Reflexioné y por fin, hablé:

—¡Hola! —le dije.

Me alegré cuando le vi volverse, abrir los ojos y mirar hacia arriba. Parecía asustado, por eso le tranquilicé.

—Todo va bien, ellos se han ido. Si usted no dice mi paradero, yo tampoco diré dónde se oculta usted.

Cuando oyó esto, se incorporó y se mostró más relajado.

—¡Oh! —exclamó.

Entonces se recostó contra el árbol y añadió:

—Gracias.

Debía estar considerando la situación porque apoyó su cabeza en el brazo y estudió mi cara con atención.

—Eres algo que alegra la vista —dijo mientras sonreía.

Poseía una bonita sonrisa. Me pareció muy amable, y no tenía en absoluto aspecto de forajido.

Sus ojos eran muy azules, y aunque estaba cansado, no parecía sentirse asustado ni perseguido.

No obstante, yo le hablé deprisa antes de que pudiera ponerse en pie y fugarse.

—No sé nada sobre usted, ni quiero saberlo. Usted tampoco sabe nada de mí, pero puede quedarse aquí, si quiere. Nadie vendrá a buscarle a este lugar. ¿Quiere cenar algo?

Era todavía bastante temprano, pero él parecía hambriento.

—¿Tienes alguna cosa?

—Hay venado o conejo.

—Bueno... dame venado.

Sus cejas se alzaron y tomaron forma de interrogación. Me puse a trabajar.

Él se levantó, dio vueltas y más vueltas y miró por los alrededores. Silbó suavemente cuando yo provoqué chispas con el sílex y el eslabón. Ahora lo hacía con bastante rapidez, y en cinco minutos había conseguido un hermoso fuego que brillaba con fuerza. Estaba tan acostumbrado a mi trabajo, que no se me ocurrió pensar si sería interesante para el forastero.

—¡Desdemondia! —dijo.

Pensé que era una palabra propia de los bajos fondos. En ese momento, Retador, que había estado muy quieto sentado sobre su poste, comenzó a arreglarse las plumas con el pico. El forajido pegó un brinco. Entonces vio que estaba atado y preguntó:

—¿Quién es este tipo de aspecto feroz?

—Es Retador. No tema, es muy agradable y dócil. Estará encantado de cazar un conejo para usted si lo prefiere al venado.

—¿Estoy soñando? —dijo el hombre—, me acuesto en un campamento que parece hecho por un scout y me levanto en mitad del siglo XVIII.

Entré a gatas en el árbol despensa para coger el ciervo ahumado y algún tubérculo de espadaña.

diente de perro

Cuando volví a salir, él estaba estupefacto.

—Es mi almacén de provisiones —le expliqué.

—Ya veo —respondió.

Desde ese momento ya no habló más, sólo me observaba. Yo estaba tan ocupado cocinando la mejor comida que podía reunir, que tampoco hablaba. Más tarde anoté esta receta porque era excelente.

«Dorar unos cuescos de lobo en grasa de ciervo con un poco de ajo silvestre. Llenar un cazo de agua, meter el venado y hervir. Envolver tubérculos en hojas verdes y colocar entre las brasas. Cortar manzanas y hervir en una lata con bulbos de diente de perro. Y de postre, frambuesas silvestres».

Cuando la comida estuvo preparada se la serví al hombre en mi mejor caparazón de tortuga. Tuve que tallarle un tenedor de la horcadura de una rama, porque Jessie Mapache James se había llevado los demás. El fugitivo comió, comió y comió, y cuando terminó me dijo:

—¿Puedo llamarte Thoreau?*

—Eso estaría bien.

Entonces hice una pausa, lo justo para hacerle saber que yo también conocía algo sobre él.

—Y yo le llamaré Bando —dije aludiendo a su condición de bandido.

---

* *Thoreau:* escritor y publicista norteamericano que pasó temporadas en la soledad del bosque, y recogió en sus obras sus observaciones de la naturaleza.

Sus cejas se elevaron, ladeó la cabeza, encogió los hombros y respondió.

—Es un nombre bastante válido.

—Tras esto, se sentó pensativo. Yo tuve la impresión de que le había ofendido, por eso dije:

—Me gustaría ayudarle. Le enseñaré cómo vivir de la tierra. Es muy fácil. Nadie le encontrará.

De nuevo arqueó sus cejas. Esto era muy característico de Bando, lo hacía siempre que estaba preocupado. Sentí haber mencionado su pasado. Después de todo, fugitivo o no, él era un adulto y todavía no me sentía muy seguro de mí mismo con los adultos. Cambié de tema:

—Vamos a dormir —le dije.

—¿Dónde duermes? —preguntó.

Después de todo ese tiempo sentado y hablando conmigo, y todavía no había visto la entrada de mi árbol. Yo estaba encantado. Entonces le indiqué por señas, di unos pasos a la izquierda, aparté la puerta de piel de ciervo y le mostré a Bando mi secreto.

—Thoreau —me dijo—, eres increíble.

Se metió dentro mientras yo encendía la lámpara hecha con el caparazón de tortuga. Exploró cada rincón, probó la cama, salió y movió tanto la cabeza que yo pensé que se le iba a soltar de los hombros.

No dijimos mucho más aquella noche. Le ofrecí dormir en mi cama. Sus pies quedaban fuera, pero el hombre la encontró confortable. Me tumbé al lado del fuego. La tierra estaba seca, la noche era cálida y yo podía dormir en cualquier lugar.

Me levanté temprano, y cuando Bando vino dando
traspiés desde el árbol, yo ya tenía el desayuno preparado. Comimos cangrejos de río y a él parecieron gustarle. Se necesita un cierto tiempo para acostumbrarse
al sabor de las comidas silvestres, por eso me sorprendió que a Bando le gustase mi comida desde el principio. Claro que él estaba hambriento, y eso ayuda.

Aquel día no hablamos mucho y subimos a la montaña para recolectar comida. Yo quería coger los bulbos
de sello de Salomón de una gran mata que había visto
al otro lado de la garganta. Estuvimos pescando y nos
dimos un baño después. Le dije a Bando que pronto esperaba poder hacer una balsa para pescar en aguas más
profundas y coger peces más grandes.

Cuando oyó esto, cogió mi hacha y comenzó a cortar
árboles jóvenes para ese fin. Le miré y le dije:

—Debes haber vivido en una granja o algo así.

Instantes después cantó un pájaro.

—El avefría del bosque —afirmó Bando, mientras dejaba de trabajar y se internaba en el bosque para buscarla.

Ahora era yo el que estaba atónito.

—¿Cómo puedes distinguir el avefría en tu profesión? —le dije tras armarme de valor.

—¿Y cuál crees tú que es mi profesión? —me preguntó mientras yo le seguía.

—Bueno, tu no eres un sacerdote.

—Cierto.

—Ni eres tampoco un médico o un abogado.

—Correcto.

—No eres un marino ni un hombre de negocios.

—No, no lo soy.

—Ni cavas zanjas.

—Tampoco.

—Bueno...

—¡Adivínalo...!

De repente quise saberlo con certeza, así que le dije:

—Tu eres un asesino o un ladrón o un estafador; y tratas de ocultarte de la policía.

Bando dejó de buscar el avefría, se volvió y me miró fijamente. Al principio me asusté, un bandido podía hacer cualquier cosa; pero después no se puso furioso, comenzó a reír a carcajadas. Tenía una risa profunda y sana, que salía de él de forma natural. Sonreí y luego me reía con él.

—¿Qué es lo que te hace tanta gracia, Bando?

—Me gusta eso —dijo por fin—; me gusta mucho eso.

Y siguió sonriendo.

Yo no tenía nada más que decir, así que apreté mi talón contra el suelo mientras esperaba que terminase de divertirse y me explicara todo.

—Thoreau, mi buen amigo, soy un profesor de un colegio inglés perdido en las Catskill. Vine de excursión a los bosques ayer y me extravié por completo, encontré tu fuego y me quedé dormido a su lado. Yo esperaba que el guía y su grupo volvieran para la cena y me llevaran a casa.

—¡Oh, no! —fue mi único comentario.

Entonces empecé a reír también.

—¿Sabes, Bando?, antes de encontrarte oí unas sire-
nas de unos coches que sonaban hacia el camino. He
leído historias de bandidos que se esconden en un bosque, y creía que tú eras uno y que ellos te buscaban.

Abandonamos el lugar y volvimos a hacer la balsa.
Ahora hablábamos muy deprisa y nos reíamos mucho.
Él era muy divertido. Pero entonces pensé en algo que
me entristeció.

—Bien, si tu no eres un bandido, tendrás que volver
a casa muy pronto y no podré enseñarte cómo vivir de
la pesca, la corteza y las plantas.

—Puedo quedarme un poco de tiempo. Éste es mi
mes de vacaciones, así que puedo pasar aquí unos días... sí,
empieza a gustarme la idea. Bueno, a lo mejor me quedo hasta que tú tengas que volver a la escuela. Eso será
a principios de septiembre.

Me quedé muy quieto mientras pensaba qué contestarle.
Bando lo notó. Entonces me miró con una gran sonrisa.

—¿Quieres decirme que vas a intentar pasar todo el
invierno aquí?

—Creo que puedo.

—¡Vaya!

Se sentó y se frotó la frente con las manos.

—Thoreau, yo he vivido una existencia interesante,
he sido friegaplatos, saxofonista, profesor. Todo me pareció emocionante, pero ahora mismo lo veo bastante
aburrido.

Se quedó un rato con la cabeza baja, después alzó la
vista hacia las montañas, las rocas y los árboles. Le oí
suspirar.

—Vamos a pescar. Podemos terminar esto otro día.

Y así es como conocí a Bando. Nos hicimos muy amigos y me ayudó mucho en los casi diez días que pasó conmigo. Recogimos bellotas de roble, cacahuetes y arándano y también ahumamos pescado.

Lanzábamos a Retador a cazar todos los días por el placer de sentarnos en la pradera y ver su maestría en el cielo. Yo tenía ya mucha carne, por eso todo lo que cazó en esos días fue para él. Teníamos un tiempo cálido y agradable, con alguna tormenta ocasional, que nos obligaba a quedarnos en casa. Hablábamos de libros. Porque Bando conocía muchísimos y era capaz de contar cosas muy interesantes. Un día bajó al pueblo y volvió con cinco libras de azúcar.

Quiero hacer mermelada de arándanos —me anunció—. Tenemos muchas y excelentes bayas, pero no mermelada.

Trabajó durante dos días en esto. Sabía cómo hacer la confitura porque había visto a su padre hacerla en Mississippi. Pero teníamos que buscar dónde meterla. Escribí esto una noche:

29 de agosto

«La balsa está casi terminada. Bando ha prometido quedarse hasta que podamos ir a pescar a la parte más profunda.

»Hemos encontrado arcilla en la orilla del arroyo. Era tan resbaladiza como el hielo. Bando piensa que servirá para fabricar objetos de cerámica. Modeló unos botes y unas tapas.

»Los hemos secado encima de la roca de la cañada, y más tarde Bando ha hecho un horno de arcilla para cocerlos. Cree que pueden servir para la mermelada de arándano que ha estado preparando.

»Después ha atizado el fuego con un fuelle casero, fabricado con una de mis pieles atada como un globo y con una caña que hace de boquilla».

30 de agosto

«Hacía demasiado calor para que Bando estuviera cociendo botes de arcilla, pero siguió con su tarea. Parece que funcionarán bien, como dice él, y ha llenado tres de ellos esta noche. La mermelada es muy buena, y los botes me recuerdan a las macetas de barro, aunque sin el agujero en el centro. Algunas de las tapas no cierran bien. Bando dijo que cuando vuelva a casa leerá más sobre la fabricación de botes, para que le salgan mejor la próxima vez.

»Nos gusta mucho la mermelada, la comemos untada en tortitas de harina de bellotas.

»Hoy Bando ha conocido a Barón. Yo no sé dónde ha estado esta semana pasada, pero de repente apareció encima de su roca y por poco se mete dentro de la camisa de Bando. Mi amigo dijo que le gustaba más Barón cuando se quedaba dentro de su madriguera».

3 de septiembre

«Hoy Bando me ha enseñado cómo hacer flautines de sauce. Nos fuimos al arroyo y cortamos dos gruesas ramas de sauce de unas ocho pulgadas de largo. Deslizó la corteza de ellas. Esto significa que separó la made-

91

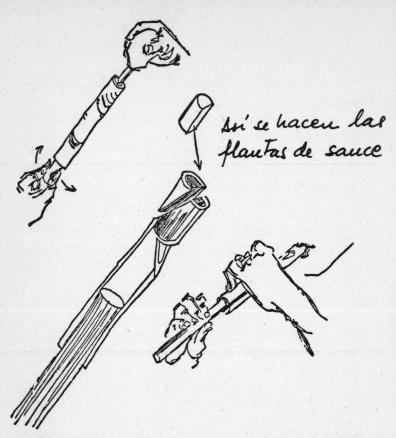

Así se hacen las flautas de sauce

ra de la corteza, dejando un tubo. En un extremo hizo una boquilla, abrió un agujero debajo de ella y utilizó la madera interior subiéndola y bajándola como se hace con un trombón.

»Tocamos el instrumento hasta la salida de la luna. Bando ha podido interpretar hasta jazz con estos flautines. Son maravillosos y tienen un sonido parecido al del viento que mueve los pinabetes. Las canciones tristes son las más adecuadas para los flautines. Cuando tocamos "El joven viajero", se nos saltaron las lágrimas».

No hubo más notas durante muchos días. Bando se había marchado. Al irse me dijo:

—Adiós, te veré en Navidad.

Me sentía tan solo que me puse a coser mis mocasines para mantenerme ocupado. Durante cuatro días estuve cosiendo sin parar y cuando los terminé, comencé un guante para proteger mi mano de las garras de Retador.

Un día, mientras pensaba en lo dura que es la soledad, Retador me llamó con su tierno canto de compañía y cariño.

—Pajarito, yo casi no recuerdo cómo solíamos hablar.

Él hizo algunos leves movimientos con su pico y ahuecó las alas. Era un lenguaje que había olvidado por completo desde que Bando se fue. Significaba que se sentía alegre de verme y oírme, que estaba contento y bien alimentado. Lo cogí y le susurré «chiu» a la altura del cuello. Volvió a mover el pico, giró su brillante cabeza y me picoteó suavemente la nariz.

Jessie Mapache James bajó de los árboles por primera vez en diez días y se comió lo que quedaba de mi cena, un poco de pescado. Luego, justo antes del atardecer, Barón salió a su roca, se rascó, se limpió y estuvo jugando con una hoja de helecho.

Sentí que estábamos todos juntos otra vez.

El otoño nos trae comida y soledad

Septiembre se fue abriendo paso entre las montañas.
Primero quemó la hierba, y las plantas dejaron caer sus
semillas, que fueron recogidas por los ratones y espar-
cidas por los vientos.

Después mandó a las ardillas que corrieran con auda-
cia por el bosque para recoger y almacenar las nueces.

También glaseó las hojas de los álamos y los pintó de
un amarillo dorado.

Más tarde reunió los pájaros en sus bandadas, y la
montaña se llenó de cantos, gorjeos y alas que brillaban. Los pájaros estaban preparados para irse al sur.

Y yo, Sam Gribley, me sentía bien, muy bien.

Empujé la balsa río abajo y fui a recolectar bulbos de
diente de perro, tubérculos de espadaña, raíces de jun-
co y cebollas de juncia, que saben a nueces.

Y entonces apareció el ejército de grillos, y Retador
daba saltitos por toda la cañada para cogerlos entre sus
garras y comérselos. Yo los probé, porque había oído
decir que saben bien. Creo que hablaban de otra especie de grillo, es más, pienso que el grillo común tendría
un sabor excelente sólo si uno estuviera muriéndose de
hambre. Ése no era mi caso, así que preferí escucharlos.
Dejé a los grillos y volví a la abundancia de la tierra.

Ahumé pescado y conejo, extraje gran cantidad de
cebollas silvestres y recogí todo lo que septiembre me
ofrecía, en una carrera contra el tiempo.

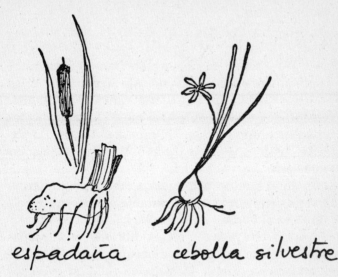

espadaña   cebolla silvestre

15 de octubre

«Hoy Barón tiene un aspecto mohoso. No me pude acercar lo suficiente para ver lo que le pasaba, pero me parece que está cambiando su pelo de verano por su blanco manto de invierno. Si es cierto, debe molestarle bastante, porque se rasca mucho.»

Al ver a Barón cambiar su pelo, despertaron en mí los primeros temores. Escribí esta nota en mi trocito de corteza de abedul. Estaba acurrucado en mi cama y tiritaba.

«La nieve, el frío y los largos meses sin vida me esperan», pensé. El viento era helado y soplaba fuerte entre las montañas. Encendí mi lampara de grasa, saqué las pieles de conejo y ardilla que había estado almacenando, y empecé a frotarlas y manosearlas para ponerlas blandas.

Barón iba a tener un nuevo traje para el invierno y yo también debía hacerme uno. Me harían falta unas manoplas, ropa interior y unos calcetines, todo de piel.

Retador, que estaba sentado al pie de la cama, bostezó, erizó las plumas y metió la cabeza entre las plumas grisáceas de su espalda. Se durmió. Yo seguí trabajando durante varias horas.

Aquí tengo que decir que empezaba a preguntarme si no sería mejor irme a casa durante el invierno y volver otra vez al bosque en primavera. Todo a mi alrededor se preparaba para los meses difíciles. Jessie Mapache James estaba tan gordo como un tonel; bajaba del árbol lentamente y se le formaba un rollo de grasa sobre los hombros. Las ardillas trabajaban y almacenaban comida. También se hacían nidos de hojas secas. Las mofetas tenían preparadas sus madrigueras y al amanecer las tapaban con manojos de hojas. Así, ninguna corriente podría alcanzarlas. Mientras pensaba en las mofetas y en todos los animales que se preparaban para el invierno, de repente me di cuenta de que mi árbol estaría tan frío como el aire si no se me ocurría alguna manera de calentarlo.

NOTAS

«Hoy fui en la balsa hasta la parte más profunda del riachuelo para pescar. Era un perezoso día de otoño, el cielo despejado, las hojas que comienzan a enrojecerse y el aire cálido.

»Me tumbé boca arriba, porque los peces no picaban, y me puse a canturrear.

»La cuerda se estiró con fuerza, y me incorporé para tirar de ella, pero era demasiado tarde. No obstante, no era demasiado tarde para darme cuenta de que había llegado a la orilla, la misma orilla de la cual Bando había cogido la arcilla para los botes de mermelada.

»En este mismo momento supe lo que iba a hacer. Construiría un hogar de arcilla y también fabricaría con este material una chimenea. Sería pequeña, pero me bastaría para calentar el árbol durante el largo invierno.»

Al día siguiente:

«Arrastré la arcilla montaña arriba hacia el árbol metida en mis segundos mejores pantalones de ciudad. Até las perneras, las llené hasta arriba y cuando miré mi extraña carga, pensé en el espantapájaros y la noche de Halloween. Me acordé de los chicos que volcaban basureros en la Tercera Avenida y pintaban las ventanas con jabón. Entonces me sentí muy solo. El aire olía a hojas y el viento fresco del arroyo me acariciaba. Las currucas que estaban en los árboles, sobre mi cabeza, parecían alegres por la cercanía de su viaje hacia el sur. Me paré en mitad del camino y agaché la cabeza. Estaba triste y a punto de llorar. De repente brilló un relámpago. Sentí una punzada en la pierna y miré justo a tiempo para ver cómo Barón saltaba desde mi pantalón hacia la cubierta de helechos.

»Eso alejó de mí la soledad. Me fui tras él y subimos

la montaña a gran velocidad. De vez en cuando le perdía entre los helechos y las patas de gallo. Entramos en
la parcela como furias; Barón brincaba y chillaba delante de mí, y yo arrastraba el "espantapájaros de arcilla".

»Retador miró sólo una vez y voló hasta el final de su
correa. A él no le gusta Barón y le mira, bueno, como
un halcón. No me gusta dejarle solo. Aquí termino mis
notas; tengo que hacer el hogar.»

Me llevó tres días hacer bien el hogar para que no
me echara fuera del árbol con su humo, como a una
avispa. Era un enorme problema. En primer lugar la
chimenea se venía abajo porque la arcilla era demasiado pesada para mantenerse en pie por sí misma, así
que tuve que conseguir algunas hierbas secas y mez-
clarlas con la arcilla para que aguantase su propio
peso.

Abrí uno de los viejos agujeros de nudo para dejar
escapar el humo y construí la chimenea desde ahí hasta
abajo. Por supuesto, cuando se secó la arcilla, se separó
un poco del árbol, y todo el humo volvió a entrar en mi
vivienda, así que intenté sellar el escape con resina de
pino. Eso dio buen resultado, pero entonces se agrietó
el humero, y tuve que colocarle debajo unos soportes
de madera.

Estos soportes servirían. Entonces decidí bajar hasta
los alrededores de la vieja granja Gribley para ver si
encontraba algunos clavos de acero o de cualquier
otro metal.

Llevé conmigo la pala de madera que había sacado

del tablón, y cavé en lo que creía que había sido la puerta de atrás y el cobertizo.

Encontré una bisagra, viejos clavos hechos a mano, que me vendrían bien, y por último, el tesoro de los tesoros —el eje de una vagoneta— que era demasiado grande. No poseía una sierra para cortar metales y no tenía fuerza suficiente como para calentarlo y partirlo a martillazos. Es más, sólo tenía un pequeño mazo de madera que me había fabricado.

Llevé mis trofeos a casa y me senté delante de mi árbol para hacer la cena y dar de comer a Retador. La tarde prometía una noche de escarcha. Miré las plumas de Retador y pensé que yo no poseía ni siquiera una piel de ciervo que me sirviera de manta. Había utilizado las dos que tenía para hacer una puerta y un pantalón. Ojalá me crecieran plumas.

Lancé a Retador y voló entre los árboles para cruzar después la cañada. Se marchó con una extraña determinación.

—¡Se va a ir! —grité—. Nunca le he visto volar de esa forma tan salvaje.

Aparté el pescado ahumado y corrí hacia la cañada. Silbé y silbé hasta que se me secó la boca y no me salieron más silbidos.

Me subí a la gran roca, pero no le vi por ninguna parte. Agité frenéticamente el señuelo, me mojé los labios y volví a silbar. El sol tenía un color frío, como de acero, y se estaba poniendo por detrás de la montaña. El aire ahora era helado y Retador se había marchado. Estaba seguro de que había escapado con la migración;

mi corazón se contrajo de dolor y latía con fuerza. Tenía bastante comida, desde luego, y Retador no era absolutamente necesario para mi supervivencia, pero ahora le tenía tanto cariño que era más que un pájaro para mí. Yo sabía que debía tenerle conmigo para hablar y jugar con él, si lograba superar el invierno.

Silbé de nuevo. Entonces oí un chillido entre las hierbas, cerca de los álamos blancos.

En la incipiente oscuridad, distinguí un movimiento. Creo que fui volando al sitio. Y allí estaba él; había atrapado un pájaro por sí mismo. Me lancé a su lado y le agarré de las pihuelas. Él no pensaba marcharse, pero yo iba a asegurarme de que no lo hiciera. Le agarré tan deprisa que mi mano chocó contra una piedra y me lesioné los nudillos.

Aquella piedra era plana, estrecha y larga; era la solución para mi hogar. Cogí a Retador en una mano y la piedra en la otra y me reí del gris y frío sol mientras me deslizaba detrás de la montaña, porque yo sabía que no iba a pasar frío. Esa piedra plana era lo que hacía falta para sujetar el humero y terminar mi chimenea.

Y eso fue precisamente lo que hice con ella. La rompí en dos. Puse una parte a cada lado del humero, encendí el fuego, cerré la puerta y escuché al viento que nos traía la primera escarcha. Mi casa estaba caliente.

Entonces vi algo horrible. Retador estaba sentado en el poste de la cama, con su cabeza debajo del ala. Se caía. Sacó la cabeza, sus ojos estaban vidriosos.

—Está enfermo —me dije.

Lo cogí y lo acaricié, y puede que nos hubiésemos

muerto allí mismo si no hubiera abierto la puerta para darle agua. El aire frío de la noche le reanimó.

—¡Aire! —exclamé—, la chimenea ha utilizado todo el oxígeno; tengo que ventilar este sitio.

Nos quedamos fuera, en el frío, durante un largo rato, porque estaba muy asustado, pensando en lo que nos podía haber pasado.

Aparté el fuego, me envolví en la piel de la puerta y me introduje en el árbol. Retador y yo dormimos con la escarcha en la cara.

NOTAS:

«He hecho algunos agujeros más en el tronco para permitir que entre y salga el aire. Hoy lo he probado. Tengo a Retador encima de mi puño y le estoy mirando. Han pasado unas dos horas y ni él se ha desmayado, ni yo he perdido la sensibilidad en las manos y los pies. Todavía puedo leer y ver con claridad.

Prueba: el aspecto saludable de Retador.»

Descubro qué hacer con los cazadores

A primeros de noviembre, me desperté una mañana por el sonido de un disparo de rifle. ¡La temporada de caza había comenzado! Me había olvidado de ese asunto por completo. Para esconderme de la manada de cazadores, iba a necesitar algunos trucos. Ellos estarían detrás de cada árbol, en todas las colinas y todos los valles. Cazarían todo lo que se moviese, y allí estaba yo con unos pantalones de piel, con un sucio jersey marrón y con pintas de ciervo.

Decidí, como los animales, quedarme escondido en casa el primer día de la temporada. Tallé un tenedor y terminé mi ropa interior de piel de conejo. Después casqué un buen puñado de nueces.

El segundo día de la temporada saqué la cabeza por la puerta y comprobé que mi parcela estaba muy desordenada. La limpié para que tuviese el aspecto de un bosque deshabitado.

El tercer día vinieron algunos hombres y acamparon al lado de la garganta. Intenté bajar sin que me vieran, por el otro lado de la montaña, hacia el arroyo del norte, pero encontré otro campamento de cazadores y volví a mi árbol.

Al final de la semana, Retador y yo necesitábamos un poco de ejercicio. Disparos de rifle sonaban por toda la montaña. Decidí bajar a la biblioteca y ver a la señorita Turner. Una hora más tarde escribí lo siguiente:

«Llegaba ya al borde del bosquecillo de pinabetes cuando oí un disparo casi a mi lado. No tenía las pihuelas de Retador atadas a mi mano, y él se fue volando. Trepé a un árbol. Había un cazador tan cerca de mí que me podría haber mordido, pero estaba demasiado ocupado en vigilar a su ciervo. Conseguí subir hasta las ramas más altas, sin ser visto. Primero miré a mi alrededor para ver si encontraba a Retador. No lo vi por ninguna parte. Quise silbarle, pero no me pareció buena idea. Me quedé quieto y mientras intentaba verlo, me preguntaba si volvería a casa solo.

»Vi cómo el cazador iba detrás de su ciervo. El animal seguía corriendo; desde donde yo estaba lo veía claramente, se dirigía hacia la vieja granja Gribley. Sin hacer ruido, trepé más alto y seguí observando.

»Entonces lo vi saltar el muro de piedra y caer muerto; esto me sorprendió.

»Pensé quedarme en el árbol hasta que el cazador hubiera descuartizado su presa y la hubiera llevado al camino. Ah, entonces vi que ni siquiera iba a poder cobrarla. Se encaminaba a un ángulo, y, según yo había visto, el ciervo había caído en una gran extensión de helechos secos, y por eso, sería difícil de encontrar.

»En ese momento me puse muy nervioso, podía ver mi nueva chaqueta entre los helechos, y el cazador la estaba buscando. Cerré los ojos y traté de dirigirle con mi mente en dirección contraria.

»Entonces, el bueno de Retador había bajado la montaña volando y estaba sobre un pequeño arce, cerca del ciervo. Vio al hombre y le chilló. El cazador miró en su dirección. Sólo Dios sabe lo que pensó que era, pero se dio la vuelta y se fue hacia el halcón. Retador batió las alas, se elevó en el aire y desapareció por encima de mi cabeza. Quise silbarle, pero temí por mí, por él y por el ciervo.

»Me quedé en el árbol y esperé una media hora más. Por fin, el hombre abandonó su busca. Sus amigos le llamaron y bajó la montaña. Yo descendí del árbol.

»En los helechos secos yacía un joven ciervo macho. Lo cubrí con unas piedras del muro y más helechos, y me fui a casa corriendo. Silbé y Retador bajó de la copa de mi propio pinabete. Arranqué un trozo de corteza de abedul para escribir todo esto, así no me pondría tan nervioso y no bajaría demasiado pronto a buscar el ciervo.

»Esperaremos hasta que se haga de noche para ir a buscar nuestra cena y mi nueva chaqueta. Empiezo a pensar que voy a tener todas las pieles y la carne de ciervo que me hacían falta. Debe de haber más caza perdida en la montaña.»

Cobré el ciervo después de que anocheciera. Tenía razón: antes de que terminara la temporada de caza había encontrado dos ciervos más de la misma manera.

No obstante, con el trabajo que me dio el primero, lo que quedaba de temporada pasó volando. Tenía que raspar y preparar la piel. Mi gran problema era que no me atrevía a encender un fuego y asar esa maravillosa carne. Tenía miedo de que me encontraran. Comí venado ahumado, nueces y frutos del majuelo. Estos últimos saben un poco a manzana; son más pequeños y más secos, y también tienen pipas muy grandes. Es fácil encontrar el majuelo porque tiene grandes espinas, brillantes y rojas.

Cada día que pasaba disminuían los tiroteos, y los cazadores iban dejando la montaña y volvían a casa.

A medida que se iban marchando, Retador y yo teníamos más libertad para vagabundear.

La temperatura del aire ya era lo bastante fría como para conservar el venado, así que no ahumé los otros dos ciervos. Y unas semanas después de oír el primer tiro, corté un hermoso filete, hice un gran fuego y, cuando las brasas brillaban, me preparé una cena de verdad. Puse unos cuescos de lobo secos en agua, y cuando estaban grandes y blandos, los freí con cebolla y una viejas zanahorias silvestres, y me llené de comida, hasta sentirme de buen humor con todos los hombres. Escribí esto:

26 de noviembre

«Los cazadores son unos excelentes amigos si sabes cómo manejarlos. No dejes que te vean, pero síguelos muy de cerca. Sobre todo, sube a las copas de los árboles para este propósito, así ellos no te verán. Los cazadores miran hacia abajo, a la derecha, a la izquierda y al frente. Así que si tú estás subido a un árbol, no sólo podrás ver cómo cazan, sino también el sitio donde caen las piezas, y si tienes mucho cuidado, a veces puedes llegar hasta ellas y cogerlas antes de que ellos lo hagan y se las lleven. Así es como yo he conseguido mi tercer ciervo.»

Tuve algunos problemas más para curtir esas pieles, porque el agua de mi tocón de roble se helaba por las noches. Empezaba a hacer frío de verdad. Comencé a ponerme mi ropa interior de piel de conejo durante las mañanas. Todavía hacía demasiado calor al mediodía como para llevarla, pero por la noche me gustaba. Me la puse para dormir hasta que terminé mi manta. No le quité el pelo a la piel porque me agradaba más así. Como había crecido, una piel no me tapaba por completo, y tuve que coserle un trozo de otra.

De la tercera piel hice una chaqueta. Simplemente corté un rectángulo con un agujero para mi cabeza y le cosí una mangas rectas y anchas. La cubrí de enormes bolsillos, y usé así todos los trozos que me quedaban, incluso las bolsas de piel que hice el verano pasado. Parecía una mezcla de blusa de militar ruso y el delantal de un zapatero, pero era cómoda, caliente y, pensé yo, muy bonita.

Comienzan los problemas

El día veintitrés de noviembre aparecí en mi puerta, vestido de pies a cabeza con piel de ciervo. Tenía manoplas y mocasines forrados de pelo de ardilla. Estaba muy emocionado con mi atuendo.

Silbé y Retador vino a posarse en mi puño. Me miró con sus brillantes ojos negros y picoteó mi traje.

—¡Retador, esto no es comida, es mi traje nuevo. Por favor, no te lo comas!

Él ahuecó sus plumas y miró hacia la cañada mientras piaba suavemente.

—Tú también estás muy guapo, Retador —le dije.

Mientras, con mucha delicadeza, le acariciaba las plumas de la espalda y las situadas debajo de sus ojos, de un color negro azabache. Esas bellas manchas le daban gran dignidad. En cierto modo, él también tenía nueva vestimenta, ya que su plumaje había cambiado durante el otoño y estaba deslumbrante.

Nos fuimos al manantial y ahí nos miramos. Nos vimos con claridad, porque ya no había ranas que saltasen en el agua y estropeasen el espejo con pequeñas ondas.

—Retador —dije mientras giraba y me miraba—, estaríamos realmente guapos si no fuera por mi pelo, necesito cortármelo. Hice lo que pude con una navaja de bolsillo. Anoté en mi mente la necesidad de hacerme un sombrero para ocultar mis revueltas greñas.

Entonces hice algo que me sorprendió. Olí el aire limpio de noviembre, me di una vuelta una vez más para ver cómo estaba la espalda de mi traje y bajé la montaña. Me fui al camino. Antes de que pudiera cambiar de idea, marchaba hacia el pueblo.

Mientras caminaba por la carretera, seguía fingiendo que iba a la biblioteca, pero era domingo y yo sabía que ese día estaba cerrada.

Até a Retador a un tocón, en las afueras del pueblo, no quería llamar la atención. Mientras andaba, silbaba y pateaba alguna piedra. Me acerqué al cruce principal del pueblo como si fuera allí todos los domingos.

Vi la tienda y empecé a caminar más deprisa, porque estaba empezando a sentir que yo no era precisamente algo que aquella gente viese todos los días. Todos los ojos se posaban en mí más tiempo de lo necesario.

Llegué a la tienda corriendo, me deslicé por la puerta y me acerqué al mostrador de las revistas. Empecé a leer un cómic. Un ruido de pisadas se aproximó a mí. Debajo de la última tira de dibujos de la hoja, vi un pantalón y un par de zapatos de campo. Un zapato hizo «tap, tap». Los pies dieron una especie de saltito y los vi cruzar al otro lado. «Tap, tap, tap», otra vez; un salto más y el pantalón y los zapatos terminarían por rodearme. Entonces se oyó una voz.

—¿No es acaso Daniel Boone?

Vi una cara que tenía la edad de la mía, pero de más cachorro. Poseía más o menos el mismo colorido —pelo castaño, ojos marrones—, una nariz más grande que la mía y mayores orejas; pero era una cara segura de sí misma. Le dije:

—¿Y bien? —y le sonreí, porque hacía mucho tiempo que no veía un chico de mi edad.

Aquel hombrecito no respondió, se limitó a coger mis mangas entre sus dedos y las examinó con atención.

—¿Has mascado esto tú mismo? —me preguntó.

Miré lo que estaba tocando y contesté:

—Bueno, no.

Nos miramos el uno al otro. Yo quería decirle algo, pero no sabía por dónde empezar. El volvió a coger las mangas.

—Mi hermano pequeño tiene uno que parece más auténtico. ¿Por qué llevas esto, de todos modos?

Miré sus zapatos. Llevaba un bonito par de pantalones de vestir, una camisa blanca abierta en el cuello y una chaqueta de cuero. Mientras observaba estas cosas, encontré mi voz.

—Bueno, yo haría trizas en una semana cualquier cosa parecida a lo que llevas tú.

Él no respondió y dio otra vuelta a mi alrededor.

—¿De dónde dices que vienes?

—No te lo he dicho, pero vengo de una granja que está en el camino de la montaña.

—¿Cómo has dicho que te llamabas?

—Bueno, tú me llamaste Daniel Boone.

—Daniel Boone, ¿eh?

Me rodeó una vez más y después me miró con los ojos entornados.

—Tú eres de Nueva York. Lo sé por el acento.

Se apoyó contra el mostrador de cosméticos.

—Venga, dime, ¿es eso lo que llevan los chicos de Nueva York? ¿Es cosa de las pandillas?

—Yo no soy de una pandilla, ¿y tú?

—¿Aquí?, ¡no!, nosotros vamos a la bolera.

La conversación giró durante un rato en torno a las boleras. Y entonces miró el reloj.

—Bueno, tengo que irme. ¡Vaya pinta que tienes, Boone! ¿Qué estás haciendo? ¿Juegas a indios y vaqueros?

—Vente algún día a la granja Gribley y yo te enseñaré lo que estoy haciendo. Estoy investigando. ¿Quién sabe?, cualquier día el mundo se irá al garete, y tendremos que saber ahumar venado.

—¡Vaya!, vosotros los de Nueva York habláis de una manera muy rara. ¿Qué quiere decir eso?, ¿quemar un bloque de pisos?

—No, quiere decir ahumar venado.

Saqué un trozo de mi bolsillo y se lo dí. Lo olió y me lo devolvió.

—Pero hombre, ¿qué haces con esto?, ¿lo comes?

—Claro que sí —le contesté.

—No sé si mandarte a mi casa a jugar con mi hermano pequeño o llamar a la policía.

Se encogió de hombros y volvió a decir que se tenía que marchar. Cuando salía, me preguntó.

—¿La granja Gribley, has dicho?

—Sí, vente algún día, si logras encontrarla.

Me quedé mirando las revistas hasta que el dependiente se mostró ansioso por venderme algo. Entonces me fui. La mayoría de la gente estaba en la iglesia. Di una vuelta por el pueblo y volví a la carretera. Era agradable volver a ver personas otra vez.

En una casa, en las afueras del pueblo, un niño pequeño salió corriendo descalzo. Su madre salió detrás de él. Le cogí del brazo y le sujeté hasta que ella llegó; le tomó en sus brazos y volvió a casa. Se paró en la escalera y se quedó mirando. Dio un paso hacia la casa y luego otros dos hacia atrás y me miró de nuevo. Empecé a sentirme demasiado llamativo y tomé el camino hacia mi montaña.

Pasé por delante de la casa donde vivía la viejecita de

las fresas. Pensé en entrar, pero algo me dijo que me fuera a casa.

Encontré a Retador, lo desaté, le acaricié las blancas plumas de su pecho y le hablé.

—Retador, hoy he hecho un amigo. ¿Crees que es lo que he tenido en mi mente desde el principio? —El pájaro emitió algo así como un susurro.

Me sentía triste mientras volvía a casa a través del bosque pisando las hojas secas.

Por otro lado, estaba contento de haber conocido al «Señor Chaqueta», como yo le llamaba. Él nunca me preguntó mi nombre. Me había gustado, aunque ni siquiera hubiéramos tenido una pelea. Mis mejores amigos primero habían peleado conmigo, y luego, después de curarse las heridas, empezaron a caerme bien.

La tarde se oscureció. Los trepadores azules, que habían estado tonteando en los árboles, se habían callado, y los carboneros habían desaparecido. Sólo un cuervo chilló desde el fondo del camino. Ningún insecto cantaba, tampoco se veían tordos ni oropéndolas, ni vireos, ni petirrojos.

—Retador —le dije—, es el invierno, ¡el invierno!, y yo he olvidado hacer una cosa terriblemente importante: recoger un montón de leña.

El darme cuenta de eso borró al «Señor Chaqueta» de mi mente. Me fui corriendo a lo largo del valle hacia la montaña, mientras Retador batía las alas para mantener el equilibrio. Al cruzar las piedras para llegar al sendero, le dije al pájaro:

—A veces me pregunto si llegaré a la primavera.

Recojo la leña y me enfrento al invierno

Ahora casi he llegado a aquella tormenta de nieve. La mañana siguiente al horrible pensamiento sobre la falta de leña me levanté muy temprano. Me alegré al oír a los trepadores azules y a los carboneros. Su canto me produjo la impresión de que aún quedaba tiempo para talar los árboles. Se les veía alegres, atareados y despreocupados por completo. Me puse el hacha al hombro y salí de casa.

Ya había consumido casi toda la madera que se encontraba alrededor del pinabete, por eso crucé hacia la parte de arriba de la garganta. Primero quité todas las ramas secas de los árboles y las llevé a casa. Después talé todos los árboles muertos; con toda esa madera a mi alrededor me introduje en mi árbol y saqué el brazo. Hice una «X» en las agujas del pinabete y comencé a amontonar madera sobre ella. Quería poder alcanzar la madera desde dentro de mi árbol cuando la nieve fuera abundante. Hice un gran montón en ese lugar. Después saqué el brazo por el otro lado de la puerta, marqué otra «X» y apilé madera también ahí. Di la vuelta alrededor de mis montones de leña, y tuve una gran idea. Decidí que si se me acababa la leña de una pila, podría hacer un túnel a través de la nieve hasta la siguiente y luego hasta la otra, y así sucesivamente. Hice muchos montones de leña que se adentraban en el bosque uno tras otro.

Vigilaba el cielo. Estaba muy azul como en verano, pero al lado de la cascada, en la garganta, ya había empezado a formarse hielo. Yo sabía que el invierno se aproximaba, aunque cada día el sol salía en un cielo brillante y sin nubes. Apilé más leña, y entonces me di cuenta de que estaba asustado. Seguía cortando madera igual que un niño nervioso se muerde las uñas. Casi me sentí aliviado cuando vi que llegaba la tormenta.

Ahora estoy otra vez donde empecé, y no lo volveré a contar. Seguiré hablando del alivio que sentí y de lo divertido y maravilloso que es vivir en la cima de una montaña en invierno.

Barón adoraba la nieve y jugaba durante horas cada día antes de que Retador y yo desayunáramos. La mermelada del profesor Bando era mi desayuno habitual en aquellas mañanas frías. La tomaba a montones encima de mis tortitas de harina de bellotas, que habían mejorado al añadirles frutos de pacana. Luego, Retador y yo salíamos a la nieve y bajábamos la montaña dando tumbos. El volaba por encima de mi cabeza mientras yo resbalaba, me tiraba y daba volteretas hacia el torrente.

El arroyo estaba helado. Yo patinaba hacia el centro y abría un pequeño agujero para poder pescar. El sol hacía brillar la nieve, los pájaros volaban entre los árboles, y yo regresaba del valle con comida fresca. Descubrí que todavía quedaban plantas debajo de la nieve, la aparté y cogí hojas de gaulteria.

Esa idea me la dieron los ciervos, que encontraban muchas cosas para comer bajo la nieve. Probé algunos de los musgos que les gustaban a ellos, pero llegué a la conclusión de que estos musgos eran sólo para ciervos, y no para chicos.

Hacia las cuatro volvíamos todos a casa: los trepadores azules, los carboneros, los cardenales, Retador y yo. Y luego comenzaba la mejor parte del día.

Me detenía en la cañada y lanzaba a Retador, él subía hacia el cielo y allí me esperaba mientras yo daba patadas a los matorrales cubiertos de nieve. A veces salía un conejo, otras, un faisán. Desde el cielo, donde parecía la cabeza de un alfiler, se lanzaba mi precioso halcón. Y desde luego, era todo poder y belleza cuando atrapaba la presa. Ya en el suelo, la protegía con sus alas y sus perfectas plumas se ahuecaban en el cuerpo para formar un arco encima del animal. Nunca lo tocaba, esperaba hasta que llegaba yo a cobrarlo, le llevaba a casa y le daba de comer. Después me metía en mi árbol y, tras encender un pequeño fuego en el hogar, Retador y yo comenzábamos las veladas del invierno.

Tenía mucho tiempo para cocinar y probar diferentes combinaciones de plantas y carnes para mejorar su sabor, y tengo que decir que inventé algunos platos excelentes.

Después de la cena seguía ardiendo el fuego. Retador se quedaba en el pilar de la cama y se dedicaba a componerse las plumas y a limpiarse el pico. El mero hecho de saber que estaba vivo hacía que me sintiera muy bien.

Lo miraba y pensaba en lo que hacía que un pájaro fuera un pájaro y un chico fuera un chico.

El bosque se volvió silencioso. Sabía que Barón andaba por ahí, pero no lo veía nunca.

Algunas veces buscaba un trozo de corteza de abedul y escribía, otras trabajaba con piel de ciervo y confeccionaba alguna prenda, como un capuchón para Retador. Finalmente me quitaba mi traje y mis mocasines y me deslizaba debajo de la manta de ciervo, que olía bien. El fuego se apagaba y yo me quedaba dormido.

Aquéllas eran unas noches estupendas.

Una noche leí algunas de mis viejas notas sobre cómo apilar la leña para poderla conseguir bajo la nieve y me reí hasta despertar a Retador. No había hecho ni un solo túnel. Tendría que andar por encima de la nieve para buscar la leña igual que Barón buscaba comida, y los ciervos, la hierba.

Aprendo sobre los pájaros y la gente

Retador y yo nos acostumbramos a vivir en la nieve. Nos acostábamos temprano, dormíamos mucho, comíamos la cosecha de la montaña y explorábamos la zona totalmente solos. Bueno, a veces, los ciervos venían con nosotros, los zorros seguían nuestras pisadas o los pájaros de invierno volaban sobre nuestras cabezas, pero la mayor parte del tiempo estábamos solos en la blanca naturaleza, y era agradable, muy agradable. Mi ropa de piel de conejo y venado era tan cálida que incluso cuando se me helaba el aliento en la nariz, mi cuerpo estaba caliente y confortable.

Retador ahuecaba sus plumas en los días más fríos, pero unas vueltas en el aire alrededor de la montaña le calentaban, y volvía a mi puño para posarse con firmeza.

No me convertí en un solitario. Durante el verano había pensado muchas veces en la llegada de «los largos meses del invierno» con cierto temor. Había leído tantas cosas acerca de la soledad del granjero, del trampero o del leñador durante la aridez invernal, que había llegado a creérmelo. Pero el invierno es tan emocionante como el verano, e incluso puede serlo aún más. Los pájaros eran magníficos y parecían domesticados. Hablaban entre ellos, se prevenían unos a otros, se peleaban por el poder y por el derecho a producir el mayor ruido. A veces me sentaba en el umbral de mi árbol, que se había convertido en una entrada digna de verse —un pórtico de nieve blanca y pura adornada con muñecos de nieve y los observaba con un interés sin límite. Ellos me hacían recordar la Tercera Avenida y les daba los nombres que a mi parecer les venían mejor.

Allí estaba el señor Bracket. Vivía en el primer piso de nuestro edificio de apartamentos y nadie podía sentarse en su escalera o hacer un pequeño ruido cerca de su puerta sin que le persiguiera. El señor Bracket, el viejo pájaro carbonero, empleaba casi todo su tiempo en perseguir a los carboneros más jóvenes a través del bosque. Sólo su pareja podía compartir sus sitios preferidos para posarse y comer.

También estaban allí la señora O'Brien, la señora Callaway y la señora Federio. En la Tercera Avenida siempre iban juntas al mercado, era lo primero que hacían cada mañana. Charlaban, empujaban y se detenían para regañar a los chicos en esquinas y calles. La señora Federio siempre imitaba a la señora O'Brien, y ésta, a la señora Callaway al hablar, al empujar e incluso al comprar una manzana. Y allí estaban ellas, en mi pinabete, tres ocupadísimas hembras de pájaro carbonero que volaban, chascaban la lengua, revoloteaban e iban de un sitio a otro en busca de comida. Eran ruidosas al regañar y perseguirse atareadas. Todos los demás pájaros carboneros las seguían, pero ellas sólo dejaban pasar al señor Bracket.

Los pájaros, como la gente de la Tercera Avenida, tenían sus caminos preferidos para ir y venir a los sitios donde había comida. Cada uno tenía también su lugar de descanso y un pequeño refugio en una cavidad de un árbol, al cual volaban al final del día. Parloteaban, se despedían y formaban un gran revuelo antes de despedirse. Y entonces el bosque quedaba tan silencioso como el bloque de apartamentos de la Tercera Avenida cuando todos los chavales habían dejado las calles y los padres se decían su último «buenas noches». Y cada uno estaba en su propio agujero.

A veces, cuando el viento aullaba y la nieve se levantaba en el aire, salían sólo por unas horas, y hasta el señor Bracket, que había sido elegido por todos los demás para averiguar si el tiempo era demasiado tormentoso para buscar comida, aparecía durante unas pocas horas y luego se ocultaba. Algunas veces le encontraba quieto, apoyado en una rama, al lado de un nudo del árbol. Estaba ahuecando sus plumas y no hacía nada más. No había ningún otro pájaro que disfrutase más con no hacer nada en un día malo que el señor Bracket de la Tercera Avenida.

Retador, los señores Bracket y yo compartíamos esa sensación. Cuando el hielo, el agua nieve y la nieve caían con fuerza entre los pinabetes, nos metíamos todos en nuestros escondrijos. Examiné mi rama calendario un día y vi que nos acercábamos a Navidad. «Vendrá Bando», pensé, «tendré que preparar una fiesta y hacerle un regalo.» Fui a mirar el venado congelado y calculé que había suficientes filetes de venado para comer nada más que venado durante un mes entero. Aparté la nieve para buscar algunas gaulterias para hervir y preparar una salsa que tomaríamos con bolas de nieve como postre.

Miré mis provisionees de cebollas silvestres para ver si tenía bastantes para una sopa, y aparté unas patatas para hacer un puré. Todavía quedaban montones de bulbos de diente de perro, de raíces de sello de Salomón y algunas manzanas secas. Casqué nueces, frutos de pacana y de hayuco. Después empecé un par de mocasines de piel de ciervo forrados con piel de conejo. Éste sería su regalo. Los terminé antes de Navidad, así que comencé a fabricar un gorro con los mismos materiales.

Dos días antes de Navidad, empecé a preguntarme si vendría Bando. «Él se ha olvidado, seguro, o estará muy ocupado», pensé, «o creerá que ya no estoy aquí y habrá decidido no ir a la nieve para averiguarlo». En Nochebuena Bando todavía no había aparecido, y empecé a planear una celebración muy pequeña, sólo con Retador.

Hacia las cuatro y media de la tarde de Nochebuena colgué un pequeño manojo de frutos de gaulteria encima de mi cuarto. Me había metido en mi árbol, para tomar unas nueces de hayuco, cuando oí un tenue «¡Hoolaa!» en la falda de la montaña. Apagué mi vela de tocino, me puse el abrigo y los mocasines y salí a la nieve.

De nuevo un «¡Hoolaa!» flotó por encima de la silenciosa nieve. Calculé de dónde venía el sonido y brinqué montaña abajo. Allí encontré a Bando; topé con él justo cuando se adentraba en el valle para seguir el cauce del arroyo. Estaba tan contento, que le abracé y le di varias palmadas en la espalda.

—Pensaba que nunca iba a llegar. He venido andando desde la entrada al parque natural, no está mal, ¿eh?

Sonrió y palmeó sus cansadas piernas. Entonces me cogió del brazo y con tres rápidos pellizcos probó la consistencia de mi carne.

—Has vivido bien —me dijo, y me miro a la cara muy de cerca—. Pero te va a hacer falta afeitarte dentro de un año o dos.

Le agradecí el cumplido y empezamos a subir la montaña. Después de cruzar la garganta, llegamos a casa.

—¿Cómo está Retador? —me preguntó en cuanto estuvimos dentro y encendí la luz.

Silbé, y el halcón voló a mi puño. Bando se acercó y lo acarició.

—¿Y la mermelada?

—Excelente, aunque los botes son un poco absorbentes y están chupando todo el jugo.

—Bueno, te he traído más azúcar, probaremos de nuevo el año que viene. ¡Feliz Navidad, Thoreau!

Miró a su alrededor.

—Veo que has estado muy ocupado; una manta, un nuevo traje y un hogar genial, con una chimenea de verdad, y, ¡vaya!, tienes hasta cubiertos —y cogió un tenedor que yo había tallado.

Cenamos pescado ahumado y bulbos de diente de perro cocidos; para postre tuvimos nueces con mermelada y Bando se mostró muy satisfecho con su obra.

Cuando terminamos, Bando se tumbó en mi cama y encendió su pipa.

Y ahora —me dijo— tengo algo que enseñarte.

De su bolsillo sacó un recorte de periódico de un diario de Nueva York. En grandes titulares decía:

«UN CHICO SALVAJE VIVE DE CIERVO Y NUECES EN LAS MONTAÑAS CATSKILL»

Miré a Bando y me acerqué a leer el titular por mí mismo.

—¿Has estado contando cosas sobre mí?, le pregunté.

—¿Yo?, que va. Has tenido varios visitantes aparte de mí.

—¡El guardabosques, la viejecita!, —exclamé.

—Venga Thoreau, eso puede ser nada más que un rumor. Sólo porque aparezca en el periódico, no quiere decir que sea verdad. Antes de enfadarte, estate quieto y escucha.

Me leyó:

«Algunos habitantes de Delhi, en las montañas Catskill, dicen que un chico salvaje que vive de ciervo y de nueces, se esconde en las montañas.»

»Varios cazadores cuentan que ese chico les robó ciervos durante la temporada de caza.»

—¡Yo no hice eso! —grité—. Sólo cogí aquellos que ellos buscaron y no pudieron encontrar.

—Bueno, eso es lo que debieron contar a sus mujeres cuando llegaron sin ciervos. De todos modos, escucha lo que sigue:

«Este chico salvaje ha sido visto de vez en cuando por los habitantes de la zona, y algunos piensan que está loco.»

—¡Eso es una cosa terrible!

—Es realmente terrible —declaró—. Cualquier chico normal de América querría vivir en un árbol y conseguir su propia comida, pero no se atreven, eso es todo.

—Sigue leyendo —le pedí.

«Las autoridades afirman que no hay pruebas de que haya ningún chico que viva solo en las montañas y añaden que todas las casas y cabañas abandonadas de la zona son registradas con periodicidad para evitar esta situación. No obstante, los habitantes están convencidos de la existencia de este chico.»

—Fin de la historia.

—¡Vaya tontería! —exclamé sonriendo, mientras me apoyaba en el pilar de la cama.

—¡Ajá!, no creas que eso es todo —dijo Bando.

Y sacó otro recorte de su bolsillo.

—Éste tiene fecha del cinco de diciembre, el otro era del veintitrés de noviembre. ¿Lo leo?

—Sí.

«UNA ANCIANA AFIRMA HABER CONOCIDO AL CHICO SALVAJE MIENTRAS RECOGÍA FRESAS EN LAS CATSKILL»

«La señora de Thomas Fielder, de noventa y siete años de edad y residente en Delhi, estado de Nueva York, contó a este reportero que se encontró al chico salvaje en la Montaña Amarga un día del pasado mes de junio, cuando recogía su cosecha anual de fresas para mermelada.

»Afirmó que el chico tenía el pelo castaño, estaba cubierto de polvo y vagabundeaba por la zona. Añadió que, no obstante, parecía estar contento y tener buena salud.

»La anciana, residente de la comunidad de la montaña durante los últimos noventa y siete años, llamó a este despacho para dar a conocer lo que había visto.

»Sus vecinos dicen que la señora Fielder es un miembro fidedigno de la comunidad y que ha visto cosas imaginarias en pocas ocasiones.»

Bando reía a carcajadas. Tengo que decir que yo estaba sudando porque, de verdad, no imaginaba que las cosas tomarían ese rumbo.

—Y ahora, el rey de los periódicos de Nueva York. Este artículo estaba «enterrado» en la página diecinueve, y el diario no es dado al sensacionalismo.

«SE CREE QUE UN CHICO ESTA VIVIENDO DE LA TIERRA EN LAS CATSKILL»

«Un muchacho de unos diecisiete o dieciocho años, que se marchó de casa con un grupo de scouts, parece que sigue acampado en la zona, según declaró un guardabosques de las montañas Catskill.

»Las pruebas de que alguien está viviendo en el monte —un fuego, huesos, cáscaras de nueces— fueron encontradas por el guardabosques Jim Handy, que pasó la noche buscando al muchacho. Jim afirma que el chico ya ha dejado la zona, porque en una segunda exploración no encontró restos de su acampada...»

—¿Qué segunda exploración?— pregunté.

Bando sopló por su pipa, me miró con tristeza y dijo:

—¿Me vas a escuchar?

—Claro —le respondí.

—Bueno, esto es lo que sigue:

«...no quedaban rastros del joven, y el guardabosques cree que ha vuelto a casa a finales de verano.»

—¿Sabes, Thoreau?, casi no podía apartarme de los periódicos para venir a buscarte. Eres una magnífica noticia.

—Echa más leña al fuego —le dije—. Es Navidad. Nadie va a volver a rastrear estas montañas hasta el uno de mayo.

Bando preguntó por los flautines de sauce. Yo se los traje y después de recorrer la escala varias veces, me dijo:

—Vamos a ofrecer una serenata a la ingenuidad de los periodistas americanos. Después se la ofreceremos a los que han protegido la naturaleza y han conseguido que permanezca en su estado más puro, para que un chico pueda todavía vivir solo en este mundo de millones de personas.

Pensé que era apropiado y nosotros interpretamos «Noche de Paz»; después intentamos tocar «Los doce días de Navidad» pero los flautines estaban demasiado rígidos y Bando demasiado cansado.

—Thoreau, mi cuerpo necesita descansar. Dejémoslo —dijo, después de dos intentos fallidos.

Apagué el fuego, soplé la vela y me acosté vestido.

Era Navidad cuando nos despertamos. El desayuno fue ligero: tortitas de harina de bellota, mermelada y té de sasafrás. Bando salió a dar una vuelta. Encendí el fuego en el hogar y pasé la mañana preparando un festín de productos silvestres.

Cuando Bando volvió, le di su regalo. Le gustaron mucho sus mocasines, estaba encantado. Pude notarlo porque sus cejas subían y bajaban. Más tarde supe que le habían gustado porque seguía con los mocasines puestos.

Estaba a punto de servir la sopa de cebolla cuando escuché una voz que gritaba a lo lejos.

—¡Sé que estás por aquí! ¡Sé que estás por aquí! ¿Dónde estás?

—¡Papá! —exclamé.

Me lancé a la nieve a través de la puerta y caí de bruces; casi ruedo montaña abajo, hasta llegar a donde estaba mi padre. Gritaba todo el tiempo:

—¡Papá! ¡Papá! ¿Dónde estás?

Le encontré descansando en un ventisquero, mientras contemplaba a la pareja de pájaros cardenales que vivían cerca del arroyo. Él sonreía y estaba tumbado boca arriba, no porque estuviera cansado, sino de alegría.

—¡Feliz Navidad! —gritó.

Corrí hacia él. Se puso en pie de un salto y se lanzó sobre mí. Me daba golpes en el pecho y me frotaba la cara con nieve.

Entonces me levantó agarrándome por los bolsillos de mi chaqueta y me puso a su altura para mirarme a los ojos. ¡Cómo me sonrió! Me tiró de nuevo sobre la nieve y luchamos un poco. Después de concluir nuestros «formales» saludos, subimos la montaña.

—Bueno, hijo —comenzó a decir—, he leído tu historia en los periódicos y no he podido resistir por más tiempo la tentación de venir a visitarte. Todavía no me creo lo que has hecho.

Sus brazos me rodearon. Se le veía muy bien y yo estaba supercontento de verle.

—¿Cómo me has encontrado? —le pregunté con entusiasmo.

—Fui a ver a la señora Fielder y ella me dijo en qué montaña estabas. En el arroyo encontré tu balsa y tus anzuelos. Entonces busqué huellas o pisadas. Cuando creí que estaba cerca, te llamé.

—¿Soy tan fácil de encontrar?

—No tenías que haber contestado, y probablemente me hubiera congelado en la nieve.

Estaba contento, no enfadado conmigo. Simplemente volvió a decirme:

—Sinceramente, no creía que ibas a poder hacerlo. Estaba seguro de que vendrías al día siguiente. Cuando no habías vuelto al día siguiente, aposté por la semana siguiente, y luego por el mes siguiente. ¿Qué tal te va?

—¡Oh, es una vida maravillosa, papá!

Cuando entramos en el árbol, Bando estaba dando el toque final al filete de venado.

—Papá, éste es mi amigo, el profesor Bando. Es un profesor de verdad. Un día del verano pasado se perdió en el bosque y encontró mi campamento. Le gustó tanto, que ahora ha vuelto a pasar la Navidad conmigo. Bando, te presento a mi padre.

Bando dio la vuelta al filete, se levantó y estrechó la mano de mi padre.

—Me alegro mucho de conocer al hombre que engendró a este chico —dijo en un tono grandilocuente.

Pude ver que se caían bien y pensé que aquélla iba a ser una Navidad espléndida. Papá se tiró sobre la cama y miraba a su alrededor.

—Pensé que habrías buscado una cueva —me dijo—. Los periódicos decían que te estaban buscando en viejas casas y cabañas, pero yo sabía que había sitios mejores. No obstante, nunca esperé encontrarte dentro de un árbol. ¡Qué cosas! Muy listo, hijo mío, eres muy listo, y ésta es una cama muy cómoda.

127

Vio mis escondites llenos de comida, se puso en pie y los miró con ojos entornados.

—¿Tienes suficiente para llegar hasta la primavera?

—Creo que sí —le respondí—, si dejan de venir tantos visitantes hambrientos.

—Bueno, yo me quedaría aquí durante un año si me dejaras, pero tengo que volver a trabajar dentro de unos días.

—¿Cómo están mamá y los demás? —le pregunté mientras bajaba y ponía en el suelo los platos de caparazón de tortuga.

—Está muy bien —contestó—, aunque no sé cómo consigue alimentar y vestir a esos ocho chicos con lo que llevo a casa. Pero lo hace. Te manda todo su cariño y dice que espera que estés tomando una alimentación equilibrada.

La sopa de cebolla estaba lista y le di su plato a papá.

—Primer plato —dije.

Respiró profundamente el olor y se la terminó hirviendo.

—Hijo, esta sopa de cebolla es mejor que la que hace el chef del Waldorf.

Bando tomaba la suya a sorbos y yo puse mi plato en la nieve para que se enfriara. Papá me dijo:

—Tu madre dejará de preocuparse por tu alimentación cuando sepa esto.

Bando limpió el plato de papá en la nieve y luego, con mucha elegancia —porque podía ser realmente elegante cuando la ocasión lo merecía—, le sirvió a papá un caparazón de tortuga lleno de té de sasafrás. Al tiempo que citaba un pasaje de Dickens que habla sobre la comida, trinchó el negro filete, que por dentro estaba jugoso y de color rosa. Estaba hecho a la perfección, y nos sentimos orgullosos de él.

Papá tuvo que terminar su té antes de poder comer, porque me faltaban platos. Entonces le llené el caparazón con un montón de puré hecho con tubérculos de espadaña; le puse también champiñones y bulbos de diente de perro, cubiertos por jugo de carne espesado con harina de bellotas. Cada plato llevaba además un puñado de habas de acacia negra, mezcladas con frutos de pacana. Estas habas son tan duras que necesitan tres días de remojo, antes de poder cocerlas.

Fue un festín glorioso. Todo el mundo estaba impresionado, incluso yo. Cuando terminamos, Bando bajó al arroyo y cortó unas viejas y secas cañas. Volvió y nos hizo una flauta a cada uno, tallándolas con su navaja de bolsillo. Dijo que los pitos de sauce eran demasiado viejos para tan señalada ocasión. Tocamos villancicos hasta el atardecer. Bando quiso intentar algunos complicados números de jazz, pero la hora avanzada, el pequeño fuego que bailaba y nos calentaba, y la nieve que nos aislaba del viento hicieron que sintiéramos tanto sueño que sólo fuimos capaces de interpretar una lenta versión del toque de silencio, antes de meternos debajo de las pieles y apagar la luz.

A la mañana siguiente, antes de que nadie se levantara, oí que Retador llamaba, muerto de hambre. Yo le había sacado a dormir fuera del árbol, porque nosotros estábamos muy apretados dentro. Su cena de Navidad había sido un gran trozo de venado, pero el aire de la

noche había despertado su apetito. Le llamé para que
viniese a mi mano y nos fuimos a la pradera para preparar el desayuno de los invitados. Retador estaba a punto
de ir detrás de un conejo, pero yo pensé que no era la
comida apropiada para el desayuno del día después de
Navidad. Así que nos fuimos al arroyo. El halcón cazó
un faisán mientras yo hacía un agujero en el hielo con
mis pies para pescar algo. Cogí unas seis truchas, y llamé
a Retador a mi mano. Volvimos al pinabete. Papá y Bando todavía estaban durmiendo, cada uno con los pies en
la cara del otro, pero ambos parecían muy contentos.
Encendí el fuego, y cuando estaba friendo el pescado y
haciendo tortitas, papá se levantó de la cama con vigor.

—¡Chico salvaje! —me gritó—. ¡Qué olor más prome-
tedor!, ¡qué fuego más vivo! ¡Desayuno en un árbol!
Hijo, trabajo de la mañana a la noche y jamás he vivido
tan bien. Le serví. Se atragantó un poco con las tortitas
—son algo duras y secas—, pero Bando sacó un bote de
su mermelada de arándanos y cubrió las tortitas con una
cantidad enorme. Papá las comió sin mucha gana, pero
le gustó mucho el pescado y pidió más. Bebimos té de
sasafrás endulzado con un poco del azúcar que Bando
había traído. Después frotamos nuestros caparazones
con nieve, para limpiarlos, y salimos al bosque.

Papá no conocía a Retador. Cuando bajó volando del
pinabete, mi padre se agachó y gritó:

—¡Lárgate!

No pareció gustarle al principio; luego supo que Retador era el mejor proveedor que jamás habíamos tenido
en nuestra familia. Y desde entonces alababa constante-

mente su belleza y admiraba su talento. Incluso intentó acariciarlo, pero Retador no se dejó y le agarró la mano. Se mantuvieron alejados uno del otro durante el tiempo que duró la visita de papá aunque él nunca dejó de admirarlo desde una distancia segura.

Bando se tuvo que marchar dos o tres días después de Navidad. Tenía que corregir unos exámenes y se fue sin muchas ganas. No parecía muy contento de su modo de vida. Nos estrechó la mano y me dijo:

—Te guardaré todos los recortes de prensa, y si los periodistas empiezan a seguirte demasiado cerca, les llamaré y los despistaré.

Vi que le gustaba su propia idea, y se fue un poco más feliz.

Papá se quedó algunos días más. Pescaba, ponía trampas y cascaba nueces. Me talló cucharas y tenedores para cocinar. En el día de Año Nuevo me dijo que tenía que marcharse.

—Le aseguré a tu madre que sólo me quedaría para Navidad. Menos mal que me conoce, porque de lo contrario estaría preocupada.

—¿No mandará a la policía a buscarte? —le pregunté preocupado—. Podría pensar que no me has encontrado.

—Oh, le dije que si no te encontraba la llamaría la noche de Navidad.

Se quedó unas horas, sin hacer nada importante mientras intentaba decidir la forma de marcharse. Por fin se fue bajando la montaña. Apenas se había alejado cien pies cuando volvió.

—He decidido salir por otro camino. Alguien podría

seguir mis pasos y encontrarte. Y eso sí que sería una pena.

Vino hacia mí y puso su mano sobre mi hombro.

—Has hecho muy bien, Sam.

Me sonrió y se fue en la dirección de la garganta.

Le vi pasar de roca en roca; me saludó con la mano desde encima de una muy grande y dio un salto en el aire. Y eso fue lo último que vi de papá en mucho tiempo.

Miro al invierno y encuentro la primavera bajo la nieve

Después de Navidad, el invierno se mostró más duro. Las nieves aumentaban, el viento soplaba, las temperaturas bajaron hasta que el aire chascaba y crujía. Nunca me pareció la civilización tan lejana como en aquellos silenciosos y fríos meses de enero, febrero y marzo. Yo vagaba por los nevados riscos, escuchaba el lenguaje de los pájaros y el sonido de la intemperie en la noche. El viento aullaba, la nieve formaba avalanchas y el aire chirriaba.

Me dedicaba a comer, a dormir, a tocar mi flauta de caña y a charlar con Retador.

Estar relajado y caliente y ser parte de la naturaleza en invierno es una experiencia inolvidable. Sí, estaba en una condición excelente. Sin frío, sin un resfriado, sin un momento de fatiga. Disfrutaba de las sensaciones porque podía comer, dormir y estar abrigado, y burlaba las tormentas que azotaban las montañas y las temperaturas bajo cero que las entumecían.

Estaba nevando. Yo me abría paso con dificultad a través de los montones de nieve y abría sendas con mis pisadas, hasta que de repente se me ocurrió pensar que tenía todos los materiales necesarios para fabricar unas raquetas de nieve.

Éstas son las notas sobre las raquetas:

«Corté unas tablas de un tronco de fresno, las tallé y las metí en remojo para que estuvieran más flexibles y se doblasen bien, y até las dos puntas con una tira de piel de ciervo.

»Con mi navaja de bolsillo hice agujeros separados una pulgada en el borde de cada raqueta. Entonces tejí una red con tiras de piel de ciervo. Corté luego una correa de piel para la punta del zapato, y cordones gruesos para atarme las raquetas.

»La primera vez que salí con las raquetas, clavé en la nieve las puntas y me caí, pero al final del primer día ya podía ir del árbol a la garganta en la mitad de tiempo.»

Vivía en estrecha conexión con el tiempo meteorológico. Es sorprendente cómo lo observas cuando estás en el campo. No pasaba ni una nube sin que yo lo notase, no soplaba ni un solo viento sin que yo lo probara. Conocía los caprichos de las tormentas, de dónde venían, sus formas y colores. Cuando brillaba el sol, llevaba a Retador a la pradera y nos deslizábamos por la montaña sobre mi caparazón de tortuga mordedora. En realidad a Retador esto no le hacía mucha gracia.

Cuando los vientos cambiaban y el aire olía a nevada, yo me quedaba en mi árbol, porque me perdí un día en una ventisca y tuve que refugiarme en un reborde de piedra hasta que pude ver por dónde debía ir. Ese día los vientos eran tan fuertes que no podía luchar contra ellos, por eso me metí debajo del reborde. Durante varias horas me pregunté si podría salir de debajo de la nieve cuando cesase la tormenta. Por fortuna, sólo tuve que empujar un pie de nieve. No obstante, eso me advirtió de que debía quedarme en casa cuando el aire dijese «nieve». Y no es que tuviese miedo de quedar atrapado lejos del árbol, porque podía encontrar comida y refugio, y hacer un fuego en cualquier parte, pero me sentía tan apegado a mi casa como una cría de pájaro a su nido. Si quedaba atrapado durante las nevadas, sentía un urgente deseo de volver a mi árbol, como Barón retornaba a su madriguera y el ciervo a su bosquecillo. Todos teníamos nuestra «parcela» en la soledad de la naturaleza, y todos luchábamos para volver a ella.

Con frecuencia regresaba a casa por la noche en compañía de un trepador azul que pasaba la noche en un arbolito cercano. Sabía que ya era tarde si al golpear con suavidad el árbol, el pájaro salía a saludarme. A veces, cuando el tiempo era glacial y triste, yo podía oír cómo cascaba nueces y movía la cola encima de su árbol, al borde de la cañada y después se iba a la cama.

Le consideraba un precioso y estupendo barómetro, y si él volvía pronto a su árbol, yo también regresaba temprano al mío. Cuando no tengas un periódico o una radio que te dé el parte meteorológico, observa a los animales, a los pájaros. Ellos pueden indicarte cuándo va a llegar una tormenta. Llamaba al trepador «Barómetro», y cuando él se metía en su agujero, yo me colocaba en el mío, encendía la luz y me sentaba junto al fuego para tallar madera o aprender nuevas melodías en mi flauta de caña. Ahora me encontraba realmente en los dientes del invierno y me sentía bastante fascinado por su gran actividad. No existen las noches silenciosas en el invierno. No sólo hay muchos animales que corren en el frío, sino que los árboles gimen y las ramas se rompen y se caen. El viento se pierde en un barranco y grita hasta que muere. Una noche ruidosa de esas escribí lo siguiente:

«Hay alguien en mi habitación. Puedo oír débiles intercambios de saludos y unas patitas que suben por la pared del árbol. Pero cuando enciendo la luz todo está en calma.»

Al día siguiente.
«Ayer había algo en mi habitación. Un pequeño túnel sale desde mi puerta para adentrarse en la nieve. Es maravilloso, está muy bien hecho y va desde un helecho seco hasta una mancha de musgo. Luego gira y desaparece. Yo diría que lo ha construido un ratón.»

Aquella noche.
«Mantuve una brasa encendida y pude tener una luz antes de que mi visitante llegara a la puerta. ¡Sí que era

ratón!, un perfecto y pequeño ratón de pies blancos, con enormes ojos negros y unas pulcras patas. Al ser pillado "in fraganti", decidió no echarse para atrás, por el contrario avanzó unos pasos hacia mí. Le di una nuez. La tomó entre sus frágiles patas, se la metió en la boca, dio la vuelta y salió por un túnel secreto, que, sin lugar a dudas, llega directamente hasta mi árbol almacén. Este tipo está pasando un invierno más que feliz.»

No había ni mapaches ni mofetas en la nieve, pero los ratones, las comadrejas, los visones, zorros, musarañas y conejos, todos estaban más ocupados que los empleados de Coney Island en julio. Sus huellas estaban por toda la montaña y sus actividades iban desde cazarse unos a otros hasta llevar materiales variados a sus guaridas y madrigueras para mejorar su aislamiento.

Durante el día los pájaros cruzaban el cielo. Se levantaban tarde, después que yo, y se cantaban unos a otros antes de ir en busca de alimento. Yo atizaba mi fuego y pensaba en la cantidad de comida que debía de necesitar un solo y pequeño pajarito para sobrevivir frente a aquel frío brutal. Deben de comer sin parar.

Una vez, no obstante, encontré un macho de pájaro cardenal posado en un majuelo. Era un día miserable, gris, húmedo y con una temperatura de dieciocho grados bajo cero, más o menos. El cardenal no estaba haciendo nada en absoluto, apoyado en una ramita, mantenía el calor de su cuerpo ahuecando las plumas. Me dije: «Ahí tienes a un pájaro sabio. Está conservando su energía. Nada de volar de aquí para allá en busca de comida malgastando sus fuerzas.»

Mientras le observaba se cambió de pata dos veces, apoyándose en una mientras mantenía la otra oculta entre sus calientes plumas.

Yo me había preguntado varias veces por qué las patas de los pájaros no se congelaban. Y así tuve mi respuesta. Hasta se sentaba encima de ambas y dejaba que sus plumas las cubrieran como si fueran calcetines.

8 de enero.

«Hoy saqué a Retador y nos fuimos a la cañada para cazar un conejo. Mientras pasaba por delante de uno de los pinabetes, cerca de la entrada del bosque, el halcón contrajo las plumas y pareció asustarse. Yo intenté averiguar qué le había sobresaltado, pero no vi nada.

»De vuelta a casa pasamos ante el mismo árbol y vi los desperdicios de un búho sobre la nieve. Miré hacia arriba. Había muchas ramas y mucha oscuridad, pero no divisé al búho. Mientras dábamos la vuelta al árbol, Retador miraba a un sitio con tanta fuerza que pensé que se le iba a desenroscar la cabeza. Miré hacia ese punto y allí lo vi, un búho real que simulaba ser una rama rota. Debo decir que estaba emocionado por tener tal vecino. Golpeé el árbol con una rama y él se fue volando. ¡Esas grandes alas! Debían de medir cinco pies de punta a punta. Batían el aire, pero no hacían ningún ruido. El búho planeaba montaña abajo a través de los árboles. Y en algún lugar cercano desapareció entre las agujas y las ramas.

»Es impresionante tener un búho real. Supongo que lo siento así porque es un pájaro muy poco común.

Necesita mucho bosque y árboles muy grandes, y su presencia aquí quiere decir que la granja Gribley es un sitio bello de verdad.»

Una semana el mal tiempo cedió un poco ante el sol, la nieve se derritió y las ramas se enderezaron, tras deshacerse de su carga. Pensé en intentar hacer un iglú. Me puse a cortar bloques de nieve, y los iba colocando en círculo, mientras Retador dormitaba con su cara levantada hacia el sol, y los gorriones volaban una y otra vez para cosechar piñones. Yo canturreaba mientras estaba trabajando, y por eso no vi la cortina grisácea de nubes que se cernía sobre la montaña, desde el nordeste. De repente tapó el sol. Me di cuenta de que el aire estaba tan húmedo que se podía escurrir. Podría estar calentito si conseguía no mojarme, así que miré al desastre de cielo, silbé a Retador y nos volvimos a casa. Nos metimos en nuestro árbol cuando Barómetro, que parecía volar a tirones, cruzaba hacia su arbolito, justo a tiempo. Empezó a chispear, la lluvia arreció y al final se heló en las ramas de los árboles. La puerta de piel de ciervo se quedó tiesa por el peso del hielo y matraqueaba como un trozo de hojalata azotado por el viento.

Encendí un fuego y el árbol se calentó, después me dediqué a preparar un brebaje que yo llamo sopa de zarigüeya. Una comida completa hecha con zarigüeya congelada, guisada con líquenes, dragontea y gallarito; es un plato diferente. Por supuesto, lo que más me gusta de este plato son los nombres de las plantas, mezclados con el de la zarigüeya. Llevaba una hora más o menos macerando esta receta, cuando oí al ratón en su túnel, me di cuenta de que estaba haciendo mucho ruido. Pensé que estaba intentando roer el hielo para entrar en el árbol y decidí ayudarle. Retador estaba en su poste y quería ver la cara del ratón cuando se encontrara en un agujero en compañía de un halcón. Empujé la puerta de piel de ciervo, pero ni se movió, entonces le di una patada. Cedió un poco y se agrietó como si fuera de loza. Pensé que me iba a quedar atrapado por el hielo si no mantenía la puerta despejada.

Por fin conseguí abrirla. Estaba cubierta por más de una pulgada y media de hielo. El ratón, claro está, ya se había ido. Cené y consideré que tendría que levantarme de vez en cuando durante la noche para abrir la puerta. Eché más leña al fuego; el aire seguía húmedo a pesar de la hoguera, así que me acosté totalmente vestido.

Me desperté dos veces y abrí la puerta a patadas. Después caí en un sueño profundo que me hizo dormir varias horas más de lo normal. Descubrí que había dormido demasiado porque al despertar estaba dentro de un bloque de hielo y ninguno de los ruidos de la mañana había penetrado en mi casa de cristal para despertarme. Lo primero que hice fue intentar abrir la puerta. Le di martillazos y patadas y al fin logré sacar la cabeza para ver lo que había pasado. La entrada estaba sellada con hielo. Bueno, yo he visto tormentas de hielo, y sé que pueden ser brillantes, resbaladizas y peligrosas, pero ésta era otra historia. Los álamos estaban cubiertos de hielo y, bajo su peso, sus ramas se habían doblado hasta llegar a la tierra. El hielo también había formado arcos en las copas de los pinabetes y tenía varias pulgadas de espesor. Retador salió por la puerta y voló hacia una rama, donde intentó posarse. Resbaló, se cayó al suelo y patinó sobre sus alas hasta llegar a un lugar algo más bajo donde por fin se detuvo. Intentó ponerse de pie, pero resbaló de nuevo, perdió el equilibrio y abrió las alas. Finalmente pudo lanzarse al aire y revoloteó hasta que encontró un sitio decente donde posarse, cerca del tronco de un pinabete libre de hielo.

Me reí de él, salí y di un paso adelante. Me caí y tomé tierra dolorosamente sobre mi trasero. El golpe hizo añicos el hielo y lanzó contra el suelo varias ramas cubiertas por él. Sonó como si se hubiera roto toda la cristalera de una tienda. Mientras permanecí sentando en el suelo, no me atrevía a moverme porque podía hacerme daño otra vez; oí una tremenda explosión, después pareció que algo se quebraba y se destrozaba. Un arce situado en el borde de la pradera había saltado en pedazos. Temí entonces por mis árboles: el hielo era demasiado pesado para que lo aguantasen. Mientras estaba en el suelo, quité el hielo a la puerta, golpeando con un pico, y a continuación volví a meterme en el árbol a gatas mientras oía cómo estaballan árboles por toda la montaña. Era algo impresionante y temible. Encendí el fuego y comí pescado ahumado y manzanas secas; después volví a salir. Debo confesar que jugaba con la idea de hacerme un par de patines. No lo hice porque reparé en el eje de hierro de la vagoneta, que estaba apoyado en un árbol y cubierto de hielo; me acerqué a gatas y le quité el hielo con el mango de mi hacha. Y así me sirvió de bastón. Lo clavaba en el suelo y avanzaba poquito a poco. Me caí un par de veces, pero no con tanta contundencia como la primera vez.

Retador, que me vio salir a través del bosque, vino a posarse sobre mi hombro, mostrándose agradecido por tener un lugar seguro donde detenerse. En la cañada miré con esperanza hacia el sol, pero no pude verlo. El cielo estaba tan espeso como una sopa de pan. Ya fuera del bosque, observé cómo los árboles iban estallando y haciéndose añicos por efecto del hielo, y las chispas de vidrio que saltaban al aire y el trueno que producía el hielo al romperse eran cosas dignas de recordarse.

Al mediodía no se había derretido ni una gota. El hielo seguía tan duro como al amanecer. No oí a los trepadores azules, y los carboneros sólo habían cantando una vez y después se sumieron en el silencio.

Hubo otra explosión cerca de mi manantial. Se había perdido un pinabete. Retador y yo volvimos a mi árbol a pequeños pasos. Pensé que si mi casa iba a saltar en pedazos, prefería estar allí dentro. Una vez en ella tiraba palos a Retador y él los cogía con sus garras. Jugamos a esto siempre que estamos nerviosos o aburridos.

Cayó la noche y todavía el hielo cubría todo el bosque. Nos quedamos dormidos con el fondo del ocasional estallido de los árboles, aunque las explosiones eran cada vez menos frecuentes. Al parecer, los árboles más viejos y podridos se rendían antes, los demás eran más resistentes, y si no se levantaba el viento, podía considerar que el mayor peligro ya había pasado.

A medianoche se levantó el viento. Me desperté, porque los chillidos de las ramas cubiertas del hielo al rozarse unas con otras, y el crujido del hielo eran como los ruidos de un manicomio. Los escuché, decidí que al fin y al cabo no podía hacer nada, metí la cabeza debajo de la piel de ciervo y volví a dormirme.

Hacia las seis o las siete oí a Barómetro, el trepador azul. Volaba a tirones mientras buscaba comida por el bosquecillo de pinabetes. Me levanté de un salto y miré hacia fuera. Había salido el sol, y el bosque brillaba con un cruel resplandor.

Ese día oí cómo empezaba el *drip, drip, drip* del hielo al derretirse, y al atardecer algunos árboles se habían deshecho de su carga y volvían a ponerse de pie lentamente. No obstante, los álamos y los abedules seguían doblados como el arco de un indio.

Tres días después el bosque resurgió, el hielo terminó de derretirse y durante casi dos días tuvimos un tiempo cálido y glorioso.

La montaña era un completo desorden. Había árboles quebrados y ramas caídas por todas partes. Yo me sentía triste por semejante ruina, hasta que se me ocurrió pensar que esto había ocurrido en la montaña durante cientos de años y que los árboles estaban aún allí, como lo estaban los animales y los pájaros. Estos últimos llevaban días sin comer y muchos de ellos habrían muerto. Yo encontraba sus fríos cuerpecitos bajo los arbustos y hallé también a un carbonero en una cavidad. Tenía las patas encogidas entre sus plumas, y éstas aparecían ahuecadas.

Durante aquellos días de frío, Retador comía carne

congelada de viejas ratas almizcleras. No conseguíamos cazar un conejo y ni siquiera un ratón. Ellos estaban en la nieve debajo del hielo. Supongo que los ratones seguían haciendo sus túneles hasta la hierba y los musgos, y no tenían problemas para seguir con vida; pero me preocupaba Barón. No tenía por qué. Aquí hay unas notas sobre él.

«No debería haberme preocupado por Barón. Apareció después de la tormenta de hielo, con un aspecto sano, y muy contento consigo mismo. Creo que se alimentó como un rey, con los muchos animales y pájaros que habían muerto de frío. De todos modos, estaba lleno de vigor y se subió al pinabete para asustar a Retador, ¡cómo es! Menos mal que ya no tengo que atar al halcón, o seguramente Barón intentaría matarle. Todavía me ataca a mí, pero más por la diversión de ser lanzado contra la nieve que por pedir comida. No me ha mordido los pantalones desde hace meses.»

Enero fue un mes feroz. Después de la tormenta de hielo, hubo más nevadas. La cumbre de la montaña nunca se veía libre de ella, y la garganta estaba bloqueada; sólo en los días más calidos podía oír muy por debajo del hielo el goteo del agua que caía por la cascada. Aún me quedaba comida, pero cada vez menos. Todo el venado congelado se había terminado ya, y también la mayoría de los bulbos y los tubérculos. Añoraba una simple ensalada de diente de león.

A finales de enero, comencé a sentirme muy cansado, y mis codos y mis rodillas estaban un poco rígidos.

diente de león

Eso me preocupó; imaginé que se debía a la falta de alguna vitamina, pero no sabía cuál podía ser ni dónde encontrarla.

Una mañana empecé a sangrar por la nariz, y esto me asustó bastante. Me pregunté si no debería ir a la biblioteca y volver a leer algo sobre las vitaminas. No duró mucho, así que pensé que no debía ser demasiado serio. Llegué a la conclusión de que podría sobrevivir hasta que volvieran a brotar las plantas verdes, porque pensaba que la causa de que hubiera sangrado era el no haber comido nada verde durante meses.

Ese mismo día Retador cazó un conejo en la cañada. Cuando lo limpié, el hígado me pareció tan apetitoso, que apenas podía esperar a prepararlo. Durante la semana siguiente deseaba con frecuencia comer hígado y tomé todos los que pude conseguir. Dejé de sentirme cansado, tampoco me dolían ya los huesos ni volví a sangrar por la nariz. El hambre es extraña, desarrolla una especie de inteligencia propia. Comí hígado casi todos los días hasta que salieron las primeras plantas, y nunca volví a tener más problemas. Desde entonces he vuelto a estudiar las vitaminas, y no me sorprendió saber que el hígado es rico en vitamina C; también lo son los cítricos y las verduras, justo el tipo de comida que me faltaba. Plantas silvestres como la acedera y la romaza son también ricas en esa vitamina. Aunque lo hubiera sabido, no me hubiera servido de nada, porque en aquel momento sólo contaba con sus raíces. Resultó que la única fuente de vitamina C que existía en aquel momento era el hígado y me atiborraba sin saber por qué lo deseaba tanto.

Pero basta de hablar sobre mi salud. Me pregunté por qué no había tenido más problemas que ése; debe de ser porque mi madre había trabajado en un hospital infantil durante la guerra, ayudando en la preparación de la comida, y ella sabía muy bien de qué tenía que componerse una dieta equilibrada. Nosotros habíamos oído mucho sobre esta cuestión, así que ahora yo sabía que mi alimentación de invierno no era del todo equilibrada.

Después de esa experiencia, observé cosas nuevas en el bosque, que antes no me habían llamado la atención. Una ardilla le había quitado la corteza a un arbolito que se encontraba en la parte baja de la cañada, y lo había dejado de un blanco reluciente. Reflexioné cuando lo vi, preguntándome si a ella también le habría faltado alguna vitamina y la buscaba en la corteza. Debo admitir que yo mismo probé un poquito, pero decidí que aunque tuviera muchísimas vitaminas, prefería comer hígado.

También observé que los pájaros se exponían al sol

cuando éste favorecía a nuestra montaña con su luz, y yo, muy preocupado por las vitaminas en ese momento, me preguntaba si ellos estarían haciendo acopio de vitamina D. En vista de eso y para prevenir, yo también me senté a tomar el sol cuando salió, y lo mismo hizo Retador.

Mis notas se acumularon durante estos meses y mi diario de cortezas de abedul empezó a presentar problemas de almacenamiento. Por fin lo saqué de mi árbol y lo amontoné debajo de una repisa de piedra que se hallaba cerca. Los ratones hacían sus nidos dentro del montón, pero aguantaba aun cuando se mojaba. Es la ventaja de utilizar los productos del bosque. Normalmente están hechos a prueba del tiempo. Esto es importante cuando el tiempo está tan cerca de ti como tu piel y tan arraigado en tu vida como el comer.

Escribía más sobre los animales y menos sobre mí mismo, lo cual quiere decir que ya estaba más seguro de mi capacidad de supervivencia. Éste es uno de los pasajes más interesantes.

6 de febrero

«Los ciervos han cercado mi casa, deben de tener hambre. Retiran la nieve y abren una parcela de hierba de donde comen por la mañana y al atardecer, pero muchos de ellos vuelven a subir al bosquecillo de pinabetes para esconderse y dormir durante el día. ¡Cómo andan sobre la nieve con esas finas pezuñas! Si yo supiera que dentro de un millón de años los hijos de los hijos de mis hijos iban a vivir como yo en estas montañas,

me casaría con una mujer de pies delgados y daríamos
lugar a una nueva raza de seres humanos con pezuñas,
para que los futuros niños de las Catskill pudieran co-

rretear por la nieve, las praderas y los pantanos con tanta facilidad como los ciervos.»

Empecé a preocuparme por los ciervos, y durante muchos días trepé a las ramas de los árboles para cortar las más tiernas para ellos. Al principio sólo venían dos, luego cinco, y pronto tenía un corro de ciervos de grandes ojos y rabos blancos que esperaban al atardecer enfrente de mi árbol hasta que yo salía a cortarles sus ramas. Me asombraba ver sómo crecía la manada y me pregunté cómo habría corrido la noticia de mis servicios. ¿Acaso los que venían a mi árbol olían mejor, o tal vez parecían estar más contentos? De alguna manera se comunicaban entre ellos que en mi lado de la montaña había comida gratis, y cada día llegaban más y más.

Una tarde había tantos ciervos que decidí cortar las ramas al otro lado de la cañada, porque estaban destrozando la nieve y la tierra de alrededor de mi árbol con su continuo escarbar.

Tres días más tarde, todos desaparecieron. Ni un solo ciervo vino a mi parcela en busca de ramas. Miré hacia el valle y en la escasa luz pude distinguir una zona donde ya no había nieve. Los ciervos podrían volver a comer forraje, ¡la primavera se acercaba! Mi corazón empezó a latir con más fuerza y creo que también temblaba. El valle se volvió borroso y la única causa de ello eran las lágrimas; sí, estaba llorando.

Aquella noche los búhos reales salieron a cruzar majestuosamente el bosque, y yo escribí en mis notas:

10 de febrero

«Creo que los búhos reales han puesto huevos. La montaña está blanca, sopla el viento y la nieve sigue dura y profunda, pero la primavera ha llegado ya a su arce hueco. Mañana treparé por él para investigar.»

12 de febrero

«¡Sí, sí, sí!, ¡dentro del arce ya es primavera! Dos huevos de búho real reposan en la fría cavidad bordeada por la nieve, justo en la horcadura del árbol, y están calientes. Huevos en la nieve, ¿no es maravilloso? No me he quedado durante mucho tiempo porque hace bastante frío y quería que la hembra volviese pronto. He bajado en seguida, y cuando volvía a mi árbol la vi flotar sobre esas silenciosas alas de búho entre las ramas, mientras volvía a su trabajo. Después he gateado por el túnel de hielo que ahora conduce a mi árbol, el viento soplaba en mi espalda. He pasado la noche tallando madera y pensando en aquel búho en lo alto del bosque y con la primera vida de la primavera en su nido.»

Y así, con la desaparición de los ciervos y el ulular del búho, la fría tierra comenzó a albergar vida nueva. La primavera es muy emocionante cuando vives en medio de ella.

Tenía muchas ganas de tomar verdura, y aquella noche, mientras me dormía, empecé a pensar en los dientes de león, las cletonias y las granas que pronto saldrían de la tierra.

El principio del fin de mi historia

El búho había roto el hechizo del invierno. En aquellos días empezaron a suceder cosas que tendrías que ver para creerlas. Los insectos iban apareciendo mientras la nieve estaba aún sobre la tierra, los pájaros hacían sus nidos, los mapaches se apareaban y los zorros se llamaban entre sí para buscar a su pareja de toda la vida. A finales de febrero comenzó a correr la savia por los troncos de los arces. Sangré algunos de ellos y herví su savia para reducirla a jarabe. Descubrí que se necesita una gran cantidad de savia —treinta y dos tazas, para ser más exacto— para obtener una sola tacita de jarabe.

A pesar de estos indicios de primavera yo seguía llevando mi ropa interior de piel de conejo. Algunos pájaros volvieron, y los helechos que se hallaban al lado del manantial iban desenrollando sus hojas, muy lentamente, pero lo hacían. Entonces la actividad aumentó, y antes de que me diera cuenta del cambio, las coles mofeta comenzaron a asomar sus graciosos brotes por encima de la nieve del pantano. Cogí algunas y las cocí, pero no valió la pena, porque estaban horribles. Al fin y al cabo, una col mofeta es una col mofeta.

Desde mi cañada podía ver cómo los valles iban adquiriendo su verdor. Mi montaña, no obstante, seguía

hierba centella

coronada de nieve, así que bajaba a esos valles casi todos los días para buscar plantas comestibles. Retador
iba conmigo subido en mi hombro; él sabía aún mejor
que yo que la estación había cambiado, y vigilaba el cielo como si fuera un radar. Ni un solo ser viajaba por el
aire sin que Retador lo divisara. Pensé que tal vez él
quisiera ser libre y buscar pareja, pero no podía dejar
que se marchara. Todavía dependía de sus talentos y de
su compañía. Es más, era distinto de los otros animales,
y si le hubiera soltado, casi con seguridad, le hubiera
matado otro halcón, porque Retador no tenía más terri-
torio que el bosquecillo de pinabetes, y sus instintos de
caza habían sido modificados para servir al hombre. Era
un cautivo y no un pájaro salvaje, y eso es casi como
ser otro tipo de pájaro.

Una mañana me encontraba en el valle recogiendo
tubérculos y los nuevos y pequeños brotes de diente de
león, cuando Retador vio otro halcón peregrino y salió
volando tras arrancar la correa de mi mano.

151

—¡Retador! —le grité—, ¡no puedes dejarme ahora!

Silbé, saqué un trozo de carne de mi bolsillo y deseé que no se enredara su correa en la copa de un árbol. El revoloteó por encima de mi cabeza, miró primero al otro halcón y luego se fijó en mi mano; por fin plegó las alas y se precipitó hacia mi puño.

—Te he visto —dijo una voz.

Giré rápidamente y me encontré con un muchacho de mi edad que tiritaba a la entrada del bosque.

—Eres el chico salvaje, ¿verdad?

Estaba tan asombrado por ver a otro ser humano en aquel frío silencio que me quedé mirándole sin decir palabra. Cuando me recobré de la sorpresa le respondí:

—No, soy un ciudadano normal.

—¡Oh, vaya! —exclamó, desanimado.

Entonces se rindió ante el frío —tiritaba tanto que las ramitas chascaban bajo sus pies. Dio un paso adelante.

—Bueno, de todas formas yo soy Matt Spell. Trabajo después del colegio en el *New Yorker* de Poughkeepsie, es un periódico. He leído todos los artículos sobre el chico salvaje que vive en las Catskill, y pensé que si le encontraba y escribía un buen artículo sobre él quizá pudiera llegar a ser un periodista de verdad. ¿Le has visto alguna vez?, ¿existe ese chico?

—No, son tonterías —le respondí mientras escogía leña seca y la amontonaba cerca del límite del bosque.

Encendí el fuego con rapidez para que no viera el sílex y el eslabón de acero, pero él tenía tanto frío y estaba tan contento de ver las llamas que no dijo nada.

Acerqué un tronco al fuego para que se sentara y lo

puse al lado de un árbol que estaba protegido del frío viento por un grupo de pinabetes. Matt estuvo doblado sobre las llamas durante un buen rato y casi se quemó la suela de los zapatos al calentarse los pies. Se le veía muy desvalido.

—¿Por qué no te abrigaste más para este viaje? —le pregunté—. Te morirás con este frío húmedo.

—Creo que ya me estoy muriendo —me dijo.

Y se acercó tanto al fuego que estuvo a punto de apagarlo. Era bien parecido, y debía tener unos trece o catorce años. Su cara era agradable y expresiva, sus ojos eran azules y su pelo tenía el color de mi arroyo cuando se descongelaba. Aunque era robusto, parecía ser de ese tipo de chicos que no conocen su propia fuerza. Me cayó bien este Matt.

—Aún me queda un bocadillo —dijo—, ¿quieres la mitad?

—No, gracias, yo traje mi propia comida.

Retador había estado posado sobre mi hombro mientras tanto, pero ahora el humo le molestaba y saltó a un lugar más alejado. Todavía estaba atado con la correa.

—Había un pájaro encima de tu hombro —dijo Matt—, y tenía unos ojos simpáticos. ¿Le conoces?

—Soy una especie de halconero aficionado —le contesté—. Vengo aquí a entrenar a mi pájaro; se llama Retador.

—¿Has cazado algo?

—De vez en cuando. ¿Estás muy hambriento? —le pregunté cuando vi que terminaba su comida de dos bocados.

—Sí, me muero de hambre, pero no debes compartir tu comida conmigo. Tengo algo de dinero; dime sólo qué camino es el que lleva a Delhi.

Me incorporé y silbé a Retador, que bajó con gran rapidez. Le quité la correa de sus pihuelas, acaricié su cabeza y lo lancé al aire. Salí a la pradera dando patadas a los matorrales mientras caminaba. Había visto muchas huellas de conejo y las seguía a través del barro lo mejor que pude. Asusté a uno de ellos y Retador cayó del cielo y lo cazó.

Comer conejo asado es maravilloso en cualquier ocasión, pero si tienes hambre y frío, lo es aún más. Matt disfrutó con cada mordisco y yo comí una pequeña porción para ser educado, aunque en realidad no tenía mucho apetito.

No me atreví a ofrecerle las nueces que llevaba en mi bolsillo, porque se había escrito demasiado sobre cómo el chico salvaje se alimentaba de ellas.

—Todo mi sistema circulatorio te lo agradece —dijo Matt, y lo decía en serio, porque sus pies y sus manos ahora estaban calientes, y el tono azulado de sus labios había sido reemplazado por su rojo habitual.

—Por cierto, aún no me has dicho cómo te llamas.

—Sam, Sam Gribley.

—Oye, Sam, si me dejaras un abrigo creo que podría llegar a la estación de autobuses sin congelarme por completo. No pensé que iba a hacer tanto frío en la montaña. Te lo podría devolver por correo.

—Bueno —dudé—, mi casa está bastante lejos de aquí. Vivo en la granja Gribley y sólo bajo de vez en

cuando para cazar con el halcón, pero a lo mejor po-
dríamos encontrar alguna manta de caballo en uno de
los establos abandonados que hay por ahí.

—No, déjalo Sam, me iré corriendo para mantener el
calor. ¿Has oído algunas de esas historias sobre el chico
salvaje o has visto a alguien que pudiera ser él?

—Vamos a ir hacia el camino —le dije mientras apagaba el fuego.

Le llevé a través del bosque hasta que yo estuve ma-
reado y él perdido por completo. Sólo entonces nos diri-
gimos al camino. En la entrada del bosque paré y le dije:

—Matt, yo he visto a ese chico salvaje.

Matt se detuvo.

—¿De veras, Sam?, cuéntame.

Oí el crujido del papel y vi que las frías manos de
Matt no estaban tan tiesas como para no poder escribir
en su cuaderno. Seguimos andando por el camino y le
dije:

—Bueno, un día se fue de casa y no volvió más.

—¿Dónde vive?, ¿cómo viste?

Nos sentamos en una roca que estaba detrás de un
pino protegida del crudo viento.

—Vive al oeste de aquí, en una cueva. Viste un abrigo de piel de oso y tiene el pelo largo, enredado y lleno
de cardillos, y según él, vive de la pesca.

—¿Has hablado con él? —me preguntó emocionado.

—¡Oh, sí! Hablo con él a menudo.

—¡Es maravilloso!

Y escribió algo muy deprisa.

—¿De qué color son sus ojos?

—Creo que son azules grisáceos con ciertos reflejos marrones.

—¿Y su pelo?

—No sé, más bien oscuro. Era difícil verlo debajo de todas esas colas de mapache.

—¿Colas de mapache?, pero ¿crees que los habrá matado él?

—No, a mí me pareció que era un gorro de esos que consigues con las tapas de las cajas de cereales para el desayuno.

—Bueno, entonces no diré nada sobre el gorro, sólo que lo lleva y que es de colas de mapache.

—Sí —asentí—, basta con que digas eso. Y creo que sus zapatos eran papeles de periódico atados a los pies. Son un buen aislante.

—¿Sí?

Y Matt apuntó lo que yo le había dicho.

—¿Te dijo por qué se había fugado de casa?

—No, nunca se lo pregunté. ¿Por qué se fuga un chico?

Matt dejó su lápiz y pensó durante unos momentos.

—Pues,... yo me fugué una vez porque pensé que todo el mundo me echaría de menos cuando me hubiera marchado, y entonces todos llorarían y desearían haberse portado mejor conmigo —explicó entre risas.

—Yo me fui de casa en una ocasión porque..., bueno, porque quería hacer algo distinto.

—Bien, ese también es un motivo —contestó Matt—; ¿crees que ésa es la razón...?, por cierto, ¿sabes cómo se llama ese chico?

—No, nunca se lo pregunté.

—Y tú, ¿qué crees que come realmente?

—Pues pescado, raíces, bayas, nueces, conejos..., supongo que hay mucha comida en el bosque si la buscas.

—¿Raíces?, no están nada buenas, ¿verdad?

—Pero las zanahorias son raíces.

—¡Caramba, es verdad! y de algún modo también lo son las patatas. ¿Y has dicho peces? —se preguntó Matt—; supongo que hay muchos por aquí.

—Sí, los arroyos están llenos de ellos.

—¿Le has visto de verdad?, ¿es cierto que se encuentra en estas montañas?

—¡Claro que le he visto! —exclamé ya un poco harto, mientras me ponía de pie—. Tengo que volver a casa, y voy por el otro camino. Tú debes seguir la senda, todo recto hasta el pueblo, y creo que allí podrás coger el autobús.

—¡Espera un momento! Déjame leerte lo que he escrito para que verifiques los detalles.

—De acuerdo.

Matt se levantó sopló sus manos para calentarlas y leyó:

«El chico salvaje de las Catskill existe, tiene el pelo castaño oscuro y los ojos negros, y tiene un bonito traje de piel de ciervo que aparentemente se hizo él mismo. Tiene la tez rosada y su salud es excelente. Es capaz de encender un fuego con sílex y eslabón con tanta rapidez como un hombre enciende una cerilla.

»Su paradero real es un secreto, pero su medio de

caza es un halcón muy bonito que vuela desde el puño del chico y mata conejos y faisanes cuando el muchacho necesita comida. No se sabe cómo se llama, pero se fugó de casa y no ha vuelto.»

—¡No, Matt, no! —le rogué.

Estaba a punto de empezar a luchar con él cuando me dijo en un susurro.

—Hagamos un trato. Si me dejas pasar mis vacaciones contigo, no publicaré una palabra. Escribiré sólo lo que me has contado.

Le miré y decidí que sería agradable tenerle conmigo, así que respondí:

—Te esperaré fuera del pueblo el día que me digas, siempre que me dejes vendarte los ojos para llevarte a mi casa, y si me prometes que no vas a tener un montón de fotógrafos escondidos en el bosque. ¿Sabes lo que me pasaría si contaras lo que sabes de mí?

—¡Claro, vendrían los del noticiario de la televisión y los del cine! Los reporteros estarían en todos los árboles y tú te harías famoso.

—Sí, y otra vez vuelta a Nueva York.

—Escribiré lo que me has contado y ni siquiera tu propia madre te reconocerá.

—Cuenta que vivo cerca de otro pueblo y haremos el trato. Puedes decir que estoy trabajando por la defensa de la naturaleza y que investigo cómo vivir de la tierra. Diles que no tengan miedo, que los cangrejos de río son deliciosos y las cuevas calentitas.

A Matt le gustó eso y volvió a sentarse.

—Cuéntame algo de las plantas y de los animales

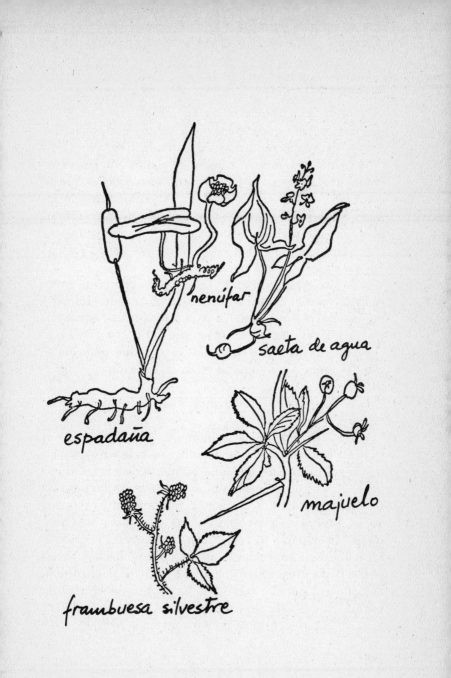

nenúfar

saeta de agua

espadaña

majuelo

frambuesa silvestre

que comes, para que sepan lo que tienen que hacer. Podemos hacer de esto un artículo divulgativo.

Me senté a su lado y le hablé de algunas de las mejores plantas silvestres y de los mamíferos y peces que se capturan con mayor facilidad. Le di también un par de mis más exquisitas recetas y le dije que no le recomendaba a nadie vivir de la tierra si no le gustaban las ostras y las espinacas. Matt estaba muy interesado y escribía sin parar. Al final me dijo:

—Se me están enfriando las manos. Tengo que irme, pero te veré el doce de abril, a las doce y media a las afueras del pueblo, ¿vale? Y para que veas que soy hombre de palabra, te traeré una copia de lo que escriba.

—Pero ten cuidado de no contar a nadie mi secreto, porque tengo un ayudante en la civilización que sigue todos estos artículos.

Nos estrechamos las manos y se fue a pasos muy rápidos.

Volví a mi rincón de la montaña, y durante todo el camino me hablaba a mí mismo. Yo converso mucho conmigo mismo, de hecho, creo que todo el mundo lo hace. El ser humano, aun en medio de la gente, pasa las tres cuartas partes de su tiempo relacionándose con sus voces interiores. Vivir solo en una montaña no es muy distinto, salvo que tu voz externa se oxida un poco. Durante todo el camino hasta mi casa, yo me decía muchas cosas, hacía proyectos y mantenía «conversaciones» con Bando, con papá y con Matt Spell. Escribí el artículo para Matt después de haberlo «consultado» con Bando y lo hice parecer muy convincente sin necesidad de desvelar mi secreto. Estuve tentado de escribírselo al chico, pero no lo hice.

Entré en mi árbol, puse a Retador sobre su poste y... ¡allí estaba Jessie Mapache James! Lo encontré acurrucado en mi cama y dormido. A su lado había un caparazón de tortuga que yo había dejado lleno de nueces peladas, ahora estaba vacío por completo. Se despertó, saltó al suelo, caminó despacio por entre mis piernas y salió por la puerta. Tuve la sensación de que Jessie había estado esperando que me marchara para siempre y así poder aprovechar mi guarida. Era una criatura que amaba el confort, pero yo era más grande que él, así que tuvo que dejarme la madriguera. Le vi subir por la roca de Barón y trepar a un pinabete. Me pareció ver que se movía con una cierta pesadez y entonces caí en la cuenta de que Jessie era una hembra y no un macho, como yo había pensado hasta entonces. Hice la cena y después me senté al lado de mi pequeño fuego y convoqué una reunión en mi cabeza. He perfeccionado mucho este arte, y puedo hacer que hablen cuatro personas a la vez en un fórum, como a mí me gusta llamarlo. También puedo lograr que haya una quinta persona, pero normalmente no consigo que hable. Casi siempre estas mesas redondas tratan sobre una tormenta y si viene o no, o sobre cómo hacer un traje para la primavera, o sobre cómo conseguir que mi casa sea más grande sin destrozar la vida del árbol. Esta noche, sin embargo, hablaban sobre qué hacer con Matt Spell. Papá me dijo que me fuera de inmediato a la ciudad para asegurarme de que sólo se publicaría la historia ficticia. Bando aseguró que no había ningún peligro, ya que todavía Matt no sabía dónde vivía yo. Entonces este último se metió en la conversación y dijo que quería pasar sus vacaciones de primavera conmigo y que prometía no hacer nada desfavorable. Matt seguía repitiendo «desfavorable»; no sé de dónde había sacado aquella expresión, pero le gustó tanto que la siguió utilizando, y por eso yo sabía cuando era Matt el que hablaba, todo era «desfavorable».

Aquella noche me quedé dormido mientras toda esa gente discutía dentro de mi cabeza la posibilidad de encontrarme y llevarme de nuevo a la ciudad. De repente, Retador intervino en la conversación y dijo:

—No dejes que Matt se quede aquí, come demasiado.

Y ésa fue la primera vez que Retador habló en un fórum. Yo estaba encantado porque siempre había pensado que Retador era capaz de decir algo más que unos pocos chillidos molestos. Ni siquiera el apetito de Matt había pasado inadvertido para él.

El fórum terminó en un ambiente de buen humor. Todo el mundo estaba encantado con Retador. Levanté la cabeza para mirarle; él estaba completamente dormido, con el pico entre las plumas de su espalda. Pero me «habló» al oído:

—En realidad —me dijo—, tú quieres que te encuentren, si no fuera así, no le habrías dicho tantas cosas a Matt.

—Me gustas más cuando no hablas —le contesté.

Me tapé la cabeza con la manta de piel de ciervo y caí en un sueño profundo.

Colaboro para que llegue el final

A mediados de marzo podría haber dicho que era primavera sin necesidad de verlo. Jessie ya no rondaba el árbol porque estaba demasiado ocupada pescando en el arroyo, que aparecía libre de hielo. La mapache volvió a un tronco hueco cargada de crías. Barón tampoco me visitaba porque dedicaba todo su tiempo a cazar salamandras y ranas. Los pájaros carboneros cantaban ahora solos, y no en su coro de invierno, y las mofetas, los visones y los zorros encontraban más comida en el bosque que en los alrededores de mi casa. Las circunstancias que nos habían unido en el invierno, ya no existían. Ahora era más fácil hallar alimentos en la tierra y las nieves iban desapareciendo poco a poco.

Con la llegada del mes de abril, ya no necesité lo que había almacenado, porque podía coger tubérculos, bulbos y hojas verdes. Las comidas volvían a ser variadas y mi mesa estaba llena de sopa de tortuga, ancas de rana y huevos.

Podía bañarme otra vez en el manantial, en vez de hacerlo en un caparazón de tortuga lleno de agua de nieve. Me zambullía con regularidad en el agua helada, y gritaba cuando me dejaba sin aliento. Me frotaba, corría hacia mi árbol y me secaba delante del fuego; después me vestía y canturreaba. Inventaba muchas can-

berros

ciones después de mi baño y enseñé una de ellas a un hombre que iba de marcha un día por la parte alta de la garganta.

Me dijo que se llamaba Aarón, y era alto y silencioso. Le encontré sentado en el borde del risco mirando hacia el valle. Canturreaba tonadillas y tenía una triste sonrisa que nunca desaparecía del todo. Sólo con mirarle supe que no tendría que esconderme de él, así que me acerqué, me senté a su lado y le enseñé la «canción del agua fría». Me contó que él vivía de escribir canciones y que era de Nueva York. Había venido a las Catskill para pasar la Fiesta de la Pascua Judía y había salido a dar un paseo para poder estar solo. Iba a marcharse cuando me senté y le dije:

—Le he oído canturrear.

—Sí, yo canturreo a menudo. Y tú, ¿sabes hacerlo?

—Sɪ, también lo hago con frecuencia, sobre todo cuando salgo del manantial por la mañana, entonces canto con todas mis fuerzas.

—Vamos a oírte.

Me sentía muy relajado porque el sol brillaba y calentaba mi cabeza. Entonces le dije:

—De acuerdo, le cantaré mi canción del agua fría.

—¡Eso me gusta! —exclamó Aarón cuando terminé—. Cántamela de nuevo.

Y así lo hice.

—Está muy bien, pero déjame sugerirte algunos pequeños cambios.

Alteró el orden de las palabras para encajarlas mejor con la melodía y cambió un poco la música para adaptarla a las palabras. Y entonces la cantamos los dos.

—¿Te importa que utilice la parte que va «hum, hum, hum, dee, dee»? —me preguntó después de un rato.

—Puedes usarlo todo, las melodías son gratis aquí. Ésta la tomé de un pájaro, de la oropéndola.

Se incorporó y quiso saber.

—¿Y qué más canciones se cantan por aquí?

Le silbé la canción «hi-chikidí» del carbonero señor Bracket, y después la canción cascada del tordo del bosque. Sacó una pequeña tarjeta, trazó en ella cinco líneas horizontales y las llenó de pequeñas marcas negras mientras yo seguí bajo el sol tarareando la canción del sisonte marrón, la del barómetro y la del trepador azul. Luego vino la del búho real, y ahí dejé de cantar.

—¿Es suficiente? —le pregunté.

—Sí, creo que sí.

Se tumbó, se estiró y miró hacia las copas de los árboles.

—Si hago algo con esto, volveré y te lo tocaré, también te traeré mi órgano portátil —prometió.

—Está bien —le contesté.

Después de una pausa somnolienta, me preguntó:

—¿Seguirás por aquí en verano?

—Sí, estaré.

Aarón se quedó dormido y yo me di la vuelta bajo el sol. Aquel hombre me caía muy bien porque no me había hecho ni una sola pregunta personal. Es extraño, pero ahora yo no estaba seguro de si eso me gustaba o no. Entonces me acordé de las palabras que Retador me había dicho dentro de mi cabeza: «Quieres que te encuentren». Y empecé a preguntarme si eso sería verdad. Había buscado deliberadamente la compañía de otro ser humano, cosa que no hubiera ni siquiera intentado hace un año.

Me quedé dormido. Cuando me desperté, Aarón se había marchado y Retador volaba en círculos sobre mi cabeza. Cuando vio que me movía se lanzó en picado y fue a posarse sobre una roca a mi lado. Le saludé pero no me levanté; preferí quedarme tumbado y quieto para escuchar a los pájaros y a los insectos que se movían entre las hojas secas. También podía oír el viento que acariciaba los tiernos brotes de los árboles. Ahora no pensaba en nada, mi mente estaba en blanco. Yo conocía bien el placer del lagarto que se queda quieto en un tronco bajo el sol y sabe de dónde va a venir su comida. Pero también sentí su aburrimiento. Aarón había dicho que estaba en las Catskill porque era la Fiesta de la Pascua Judía, así que teníamos que estar cerca de la Semana Santa y Matt vendría pronto. No había contado los cortes de mi rama calendario durante semanas.

Una sombra fría cruzó mi cara y me levanté. Silbé a Retador y nos volvimos a casa; de paso, iba llenando mis bolsillos de bulbos de cletonia.

Varios días después me encontré con Matt en la carretera veintisiete, a las tres y media en punto. Le vendé los ojos con su pañuelo y le llevé montaña arriba mientras él iba tropezando. Fui casi directamente a casa. Supongo que ya no me importaba que él pudiera recordar el camino. Cuando le quité la venda, miró a su alrededor.

—¿Dónde estamos? ¿Donde está tu casa?

Me senté y le indiqué que lo hiciera él también. Se instaló, pero sin ninguna elegancia.

—¿Dónde duermes?, ¿en el suelo?

Señalé la puerta de piel de ciervo que se movía al viento.

—Pero hombre, ¿vives en un árbol?

—Así es.

Matt se puso en pie de un brinco y entramos en el árbol. Sujeté la puerta con una rama para que pasara la luz, y Matt gritó de alegría. Encendí la vela de tocino y él lo miró todo de arriba abajo, y a cada nuevo invento, volvía a gritar.

Mientras yo preparaba truchas asadas en hojas de vid silvestre, mi amigo se sentó en la cama y me informó de las noticias del mundo, aunque de forma breve.

Escuché con gran interés todo lo que me dijo sobre los problemas de Europa, de Asia, del Sur y de América. También me contó un par de asesinatos sangrientos, los resultados de los partidos de béisbol, y las notas de su última evaluación.

—Todo eso me da la razón —le dije con sagacidad— Las personas viven demasiado cerca unas de otras.

—¿Y por eso estás aquí?

—Bueno, no exactamente. Algunos hombres escalaron el Everest sólo porque estaba allí. Eso es apreciar la naturaleza en su estado más puro.

—Así que es eso.

—Oh, venga Matt, ¿ves aquel halcón?, ¿oyes a esos gorriones?, ¿puedes oler a aquella mofeta? Pues el halcón es dueño del cielo, los gorriones lo son de los matorrales y la mofeta, de la tierra; tú eres dueño de tu página en el periódico y yo lo soy del bosque.

—¿Y no te sientes nunca solo?

—¿Solo? Apenas he tenido un momento de descanso desde que llegué aquí. Deja de actuar como un reportero y comamos. Además, hay personas en la ciudad que se encuentran más solas que yo.

—De acuerdo, vamos a comer. Oye, esto está bueno, condenadamente bueno, de hecho es la mejor comida que he probado nunca.

Siguió comiendo y dejó de hacer preguntas.

Pasamos toda la semana dedicados a la pesca, a la caza, a la instalación de trampas y a la recolección de vegetales y bulbos. Matt hablaba cada vez menos; prefería dormir, dar largas caminatas y meditar. También se dedicaba a comer bien y mantuvo a Retador muy ocupado. Se hizo un par de mocasines de piel de ciervo y un sombrero que no podría describir. No teníamos espejo, así que nunca sabíamos cómo nos quedaba la ropa, pero yo puedo decir que cuando me encontraba con él para ir a pescar al cauce del arroyo, siempre me asustaba. Jamás me acostumbré a ese sombrero.

Hacia el final de la semana, tras regresar de una excursión de pesca, ¿a quién creéis que encontré dormido en mi cama?, ¡pues a Bando!

—Éstas son mis vacaciones de primavera —dijo al despertar.

Esa noche tocamos nuestras flautas de caña para Matt al aire libre y a la luz de la hoguera. Fue muy agradable. Matt y Bando decidieron construirse una casa para invitados en uno de los árboles. Yo les animé a hacerlo, porque lo deseaba realmente, aunque sabía lo que eso significaba.

Una casa de invitados quería decir que yo no sería por más tiempo un fugitivo, que nunca más podría esconderme en la inmensidad natural. Había vivido en los bosques como cualquier otra persona vive en su hogar. La gente aparece por casa, los vecinos vienen a cenar, hago tres comidas, y hay tiendas para ir de compras. Me he sentido exactamente igual que cuando vivía en mi casa. La única diferencia era que resultaba un poco más difícil el visitarme aquí, aunque no tanto. Como prueba, allí estaban Matt y Bando.

Quemamos y vaciamos otro pinabete. Yo trabajé con ellos mientras me preguntaba qué iba a ser de mí. ¿Por qué no era capaz de gritar ¡No!?, ¿qué era lo que me hacía construir alegremente una ciudad en el bosque? Porque eso era exactamente lo que nosotros estábamos empezando a hacer.

El árbol quedó preparado y Bando pasó toda la tarde haciendo trombones. Después tocamos los tres juntos.

Esa palabra, «juntos», puede que sea la respuesta a mis deseos de ciudad.

Al irnos a la cama Matt dijo:

—Puede que aparezcan algunos fotógrafos en estas colinas.

—¡Matt! —protesté—, ¿qué es lo que escribiste?

Fue Bando quien sacó la hoja del periódico. La leyó. Eran artículos y comentarios sobre las noticias aparecidas en otros periódicos. Entonces se apoyó en el árbol que había llegado a servir sólo para eso y encendió un cigarro.

—Admítelo Thoreau, no puedes vivir en América hoy en día y ser distinto a los demás sin que nadie lo note; si quieres destacar, vas a destacar, y la gente se va a dar cuenta de ello. En tu caso, si saben de ti, o te llevarán a la ciudad o irán a donde tú estés y dejarás de ser distinto.

Y aquí se produjo un gran silencio.

—¿Han hecho ya su nido los búhos, Thoreau?

Le hablé de ellos y de cómo las crías jugaban alrededor del pinabete, y nos acostamos todos un poco tristes. El tiempo se nos acababa.

Matt tenía que volver a la escuela y Bando se quedó unos días más para ayudarme a vaciar otro árbol para la casa de invitados. Cortamos la madera ennegrecida, hicimos una cama y empezamos otras antes de que tuviera que volver a su trabajo.

No estuve solo durante mucho tiempo porque también me encontró el señor Chaqueta.

Una mañana, yo estaba en mi balsa e intentaba coger

un enorme galápago. El animal se aferraba a mi cuerda, pero cuando conseguía salir del agua me miraba con sus fríos y arrugados ojos, y la soltaba. Retador estaba cerca, observando. Decidí fabricar un lazo para coger a la torguga por el cuello la próxima vez que asomara su cabeza. Y en eso estaba cuando Retador se posó sobre mi hombro y me clavó sus garras. Mi amigo estaba rígido y tenso, lo que en su lenguaje quiere decir «gente cerca», así que no me sorprendió oír una voz que llegaba desde la orilla del arroyo:

—¡Hola, Daniel Boone! ¿Qué haces?

Y ahí estaba el señor Chaqueta.

—Intento atrapar este enorme galápago —le dije con una voz tan normal que sonó aburrida.

Seguí haciendo el lazo, y el chico gritó:

—¡Dale con una maza!

Seguía sin poder capturar aquel viejo y salvaje animal, así que llevé la balsa a la orilla y recogí al señor Chaqueta. Una hora más tarde habíamos cazado y limpiado la tortuga y yo sabía que el señor Chaqueta se llamaba Tom Sadler.

—Vamos a casa —le dije.

Vino conmigo, y tuve la sensación de que aquella tarde era como cualquier otra en la Tercera Avenida. Quiso verlo todo, por supuesto, y todo le pareció raro, pero se le pasó enseguida el asombro y se puso a ayudarme a preparar la carne para la sopa de tortuga. Él recogió las cabollas mientras yo ponía el animal a hervir en una lata. La carne de tortuga es tan dura como una piedra y hay que hervirla durante horas antes de que se pueda comer. Sazonamos la sopa con sal de pacana y añadimos trozos de tubérculo de sello de Salomón. Tom dijo que estaba demasiado aguada y tuve que espesarla con nueces aplastadas porque se me había terminado la harina de bellotas. También probé con raíz de lirio de Florencia y el invento fue un éxito.

—¿Quieres cenar y quedarte a pasar aquí la noche? —le pregunté.

—¡Claro! —contestó entusiasmado, pero después añadió que debía decírselo a su madre.

Tardó unas dos horas en ir y volver, y cuando llegó, la tortuga estaba todavía muy dura, por lo que nos fuimos a la cañada para lanzar a Retador. Cazó su propia comida y después le atamos a su tocón y trepamos por la garganta hasta el atardecer. Cenamos sopa de tortuga y Tom durmió en el árbol de los invitados. Yo me quedé despierto en el mío preguntándome qué había pasado. ¡Todo me parecía ahora tan rutinario!

Tom y yo nos llevábamos bien, por eso él venía con mucha frecuencia a verme, casi todos los fines de semana. Me contaba cosas de su equipo de bolos y de algunos de sus amigos; y yo empecé a pensar que conocía a mucha gente de aquel pueblo al pie de la montaña. Eso hizo que volviera a sentirme civilizado y que mi entorno se redujera. Después de pasar un fin de semana con Tom escribí lo siguiente:

«Tom me ha dicho que Reed y él se metieron en una casa abandonada, y cuando oyeron que se acercaba la gente de la inmobiliaria se deslizaron hasta el sótano a través del conducto de la ropa sucia y luego escaparon por la ventana. También me ha contado que una tubería principal de agua se rompió e inundó el patio de su colegio y todos los chicos se quitaron los zapatos y se dedicaron a jugar al béisbol dentro del charco.»

Taché todo esto y escribí a continuación:

«No he visto a Barón. Creo que ha abandonado su madriguera próxima a la roca porque un tordo ha hecho su nido muy cerca. Por lo visto, ya ha aprendido que Retador está atado, porque a veces se acerca a coger restos de comida cuando la correa del halcón está atada.»

Taché esto también y llené otra hoja de corteza con un dibujo de Retador. Al día siguiente bajé a la biblioteca y cogí prestados cuatro libros.

También Aarón volvió. Vino directamente al bosquecillo de pinabetes y me llamó. No le pregunté cómo sabía dónde me escondía. Se quedó durante una semana y pasamos la mayoría del tiempo jugando con los flautines de sauce. Nunca quiso saber qué hacia yo en la montaña. Parecía saberlo. Era como si hubiese hablado con alguien o leído algo, y ya no le quedara nada que preguntar. Tuve la sensación de ser ya una vieja noticia más allá de la falda de la montaña, pero no me importaba.

Bando se había comprado un coche y venía más a menudo. Nunca volvió a hablar de artículos en los periódicos y yo tampoco le pregunté nada. Sólo un día le dije:

—Parece que ya tengo una dirección oficial.

—Así es —contestó.

—¿Y es la esquina de Broadway con la calle Cuarenta y dos?

—Casi —respondió, lacónico.

Frunció sus cejas y me miró con tristeza.

—No importa, Bando —le animé—. Quizá debas traerme unos vaqueros y una camisa la próxima vez que vengas. Estaba pensando que si no han vendido esa casa del pueblo, Tom y yo podemos lanzarnos por el conducto de la ropa sucia.

Bando daba vueltas a una flauta de sauce que tenía en sus manos, pero no la hizo sonar.

La ciudad viene a buscarme

Llegaron los trinos de los pájaros, los árboles adquirieron su verdor de verano y junio brilló sobre la montaña. Todo olía bien, sabía bien y era agradable a la vista. Una mañana estaba yo tumbado sobre la roca de la pradera y Retador se dedicaba a picotear los insectos que caminaban por la hierba. De repente estalló un flash y apareció un hombre.

—¡Chico salvaje! —gritó, y sacó una fotografía—, ¿qué haces?, ¿estás comiendo nueces?

Me incorporé sobresaltado. Mi corazón estaba triste, tan triste que acepté posar para él con Retador sobre mi puño, pero no accedí a llevarle a mi árbol, y al fin se marchó. Vinieron otros dos fotógrafos y un reportero, y hablé con ellos durante unos minutos. Cuando se fueron me tumbé boca abajo mientras me preguntaba si podría ponerme en contacto con el Departamento del Interior para obtener una mayor información sobre las tierras públicas en el Oeste. Mi siguiente pensamiento fue el partido de béisbol en el inundado patio del colegio de Tom.

Pasaron cuatro días más, y yo hablé con infinidad de reporteros y fotógrafos. A media mañana del quinto día una voz gritó desde el valle:

—¡Sé que estás ahí!

—¡Papá! —exclamé, y una vez más bajé la ladera de la montaña para ver a mi padre.

Mientras corría hacia él, oí unos sonidos que me hicieron detenerme. Era un ruido de ramas que crujían y de flores que se aplastaban. Se acercaba una horda de gente. Durante unos segundos me estuve preguntando si debía bajar a buscar a papá o marcharme para siempre. Ahora yo era autosuficiente y podía viajar por todo el mundo sin necesitar un penique y sin pedir nada a nadie. Podía cruzar en canoa el estrecho de Bering hasta Asia o escaparme en balsa a una isla. Estaba capacitado para dar la vuelta al mundo viviendo de la bondad de la tierra. Empecé a correr y llegué hasta la garganta, pero regresé. Quería ver a papá.

Bajé la montaña despacio, para preparar el saludo y

enfrentarme a la gente que él habría traído de la ciudad para entrevistarme, fotografiarme y llevarme con ellos. Sabía que todo había terminado. Podía oír las voces de aquella gente que llenaban mi silenciosa montaña.

Entonces di un brinco de alegría porque reconocí la canción favorita de mi hermana pequeña. ¡La familia! Papá había traído a toda la familia. Bajé corriendo y sorteaba los árboles como un halcón de Cooper. De vez en cuando avanzaba unos cincuenta pies gratis con la ayuda de los álamos más jóvenes.

—¡Papá!, ¡mamá! —grité cuando les ví avanzar con cuidado por entre las zarzamoras cercanas al arroyo.

Papá me dio una palmada en la espalda que sonó con fuerza y mamá me abrazó mientras lloraba.

John saltó sobre mí. Jim me tiró a las cañas. Mary se me sentó encima. Alex me puso hojas en el pelo. Hank le quitó su puesto a Jim. Joan me puso de pie y Jake me mordió el tobillo. Mi adorable hermanita pequeña se alejaba de mí mientras lloraba y se tambaleaba.

—¡Vaya! ¡Todo Nueva York está aquí! Éste es un gran día para las Catskill. —Les guié con orgullo por la montaña y mientras pensaba en la cena y me preguntaba si tendría algo que fuera suficiente para todos. Entonces comprendí cómo se sentía mamá cuando llevábamos amigos a casa para cenar.

Cuando nos acercábamos al bosquecillo de pinabetes, me di cuenta de que papá llevaba un macuto. Me explicó que era la comida para los primeros días, o hasta que pudiera enseñar a John, Jim, Hank y Jane a vivir de la tierra. Le guiñé un ojo.

—Pero, papá, si la tierra no es para los Gribley.

—¿Qué dices? —preguntó casi escandalizado—. Si los Gribley hemos tenido tierras durante tres generaciones. Abrimos caminos y labramos los campos.

Casi gritaba.

—Y después nos fuimos a la mar —le dije.

—Las cosas han cambiado y también las leyes sobre el trabajo de los niños. Uno no puede llevarse a los hijos al mar.

Yo debería haberme alegrado por esa confesión de papá si no hubiera estado haciendo planes frenéticos mientras ascendíamos por la montaña: la comida, las camas, las tareas de la casa... Papá había tenido tiempo desde Navidad para planearlo todo mejor que yo. Instaló hamacas para todos en el bosque y nunca se ha visto un grupo de chicos más felices. Las canciones, los gritos y las risitas enviaron a los pájaros y al resto de los animales a las más profundas sombras. Incluso la pequeña Nina tenía su hamaca y aunque ella apenas sabía dar sus primeros pasos, se arrullaba y se reía solita mientras se balanceaba entre dos álamos próximos a la pradera. Comimos pollo frito preparado por mamá. Y estaba muy bueno.

Nunca olvidaré aquella tarde, como tampoco olvidaré lo que dijo papá:

—Hijo, cuando le expliqué a tu madre dónde estabas, me dijo: «Bueno, si él no quiere volver al hogar, nosotros tendremos que llevarle el hogar allí».

Yo estaba pasmado. Empezaba a comprender que esta visita no era sólo una excursión de fin de semana sino el comienzo de una estancia permanente. Mi madre observó mi expresión y dijo:

—Cuando tú seas mayor podrás ir donde quieras, pero hasta entonces todavía debo cuidar de ti según todas las leyes que conozco.

Me rodeó con su brazo y nos balanceamos ligeramente.

—Además, yo no soy una Gribley, soy una Stuart, y los Stuart siempre hemos amado la tierra.

Ella miró hacia la montaña, la pradera y la garganta, y vi cómo escarbaba con sus talones en la tierra con un gesto de querer echar raíces y asentarse allí

Al día siguiente me llevé a John, a Jim y a Hank para intentar conseguir suficiente comida con que alimentar a esta tropa de gente. Y lo hicimos muy bien.

Cuando volvimos a casa, allí estaba papá con cuatro vigas levantadas en el límite de la pradera y un montón de madera tan grande que habría cubierto un granero.

—¡Cielos, papá! ¿Qué estás haciendo? —grité.

—Vamos a tener una casa de verdad —respondió.

Yo estaba atónito y dolido.

—¡Una casa! Vas a estropear todo el bosque —protesté—. ¿No podemos vivir en árboles y hamacas?

—No, Sam. Tu madre dice que quiere proporcionarnos un hogar decente, y según ella eso significa que debe tener techo y puertas. Se enfadó muchísimo con esas historias de los periódicos en las que se afirmaba que ella no había cumplido su deber de madre.

—¡Pero sí que lo hizo! —yo estaba a punto de llorar—. Es una madre estupenda. ¿Qué otro chico tiene una madre que le permita hacer lo que yo he hecho?

—Lo sé, lo sé, pero una mujer tiene que vivir entre sus vecinos. Tu madre consideró esos editoriales casi como una ofensa personal, porque pensó que bien podían ser una conversación entre el señor Bracket y la señora O'Brien. Fue como si toda la nación se convirtiera en sus vecinos.

Mi padre titubeó y entonces maulló un gato.

—Ni siquiera ese gato va a pensar que ella te ha desatendido.

Yo iba a protestar airadamente, cuando el brazo de mi madre se deslizó alrededor de mis hombros mientras decía:

—Esto es como es hasta que tú tengas dieciocho años, Sam.

Y esa frase puso el punto final.

Índice